소년소녀, 고양이를 부탁해!

소년소녀, 고양이를 부탁해!

초판 1쇄 펴낸날 2020년 3월 20일
초판 3쇄 펴낸날 2021년 11월 9일

지은이 | 박사 안난초 윤정미 이랑 이원영 황효진
펴낸이 | 홍지연
총괄본부장 | 김영숙
편집장 | 고영완
책임편집 | 전신애
편집 | 소이언 정아름 김선현
일러스트 | 안난초
디자인&아트디렉팅 | 정은경
본문디자인 | 남희정 박태연
마케팅 | 강점원 최은 이희연
관리 | 정상희
인쇄 | 에스제이 피앤비

펴낸곳 | ㈜우리학교
등록 | 제313-2009-26호(2009년 1월 5일)
주소 | 03992 서울시 마포구 동교로23길 32 2층
전화 | 02-6012-6094
팩스 | 02-6012-6092
홈페이지 | www.woorischool.co.kr
전자우편 | woorischool@naver.com

ISBN 979-11-90337-27-4 43810

소년소녀, 고양이를 부탁해!

청소년을 위한 생명 감수성 장착 프로젝트

박 사

안난초

윤정미

이 랑

이원영

황효진

우리학교

반려동물과 함께 산다는 것

'반려동물 돌봄 인구 천만 시대'라고들 하지요? 저출산 고령화 현상으로 1~2인 가구가 늘어나면서 반려동물과 함께 사는 사람들의 수도 급격히 증가하고 있습니다. 말 그대로 동물과 함께 사는 반려동물의 시대가 된 것이지요.

그런데 우리는 정말 반려동물과 "함께" 살고 있을까요? 함께 산다는 건 기본적인 보살핌 외에도 기쁨, 즐거움, 귀찮음, 애틋함, 슬픔, 고통, 책임감 등 동물과 함께 지내면서 만나게 되는 여러 상황과 감정의 면면을 피하지 않고 공유하고 공감하는 일일 겁니다. 그런데 이름만 바뀌었을 뿐, 현실은 여전히 함께 사는 '반려'나 '동반'이 아닌 재미나 과시를 위한 '애완'에 그치는 경우가 많지요.

『소년소녀, 고양이를 부탁해!』는 '나만 고양이 없어.'라는 말이 새로운 유행어가 될 만큼 반려동물이 당연시되는 시대에 동물과 함께 살아간다는 것은 어떤 의미인지, 또 동물을 대하는 태도는 어때야 하는지 차분히 생각해보는 기회를 제공함으로써 오늘날 청소년들에게 새로운 시대의 화두인 공존과 공감의 가치를 전하는 책입니다.

반려동물이 우리에게 주는 힘은 분명 놀랍고도 감동적이지만

그들과 함께 사는 것은 결코 만만한 일이 아니에요. '가슴으로 낳아서 지갑으로 키웠다.'라는 말처럼 때로는 엄청난 비용을 지불해야 하기도 하고(박사), 나를 돌보는 마음보다 더 묵직한 책임감을 느끼기도 하며(이랑), 혼자 살 때는 미처 알지 못했던 불편과 불이익을 경험하기도 합니다(황효진). 하지만 동시에 내 세계가 확장되는 기쁨을 누리기도 하고(윤정미), 때로는 따스한 위로와 각성을(안난초), 또 새로운 자신과 만나고 변화할 수 있는 기회를 제공해주기도 하지요(이원영). 이 책에 나오는 여섯 명의 저자는 자신의 체험담을 통해 반려동물의 사랑스러움 뒤에 놓인 현실적인 문제를 생생하게 전하는 한편, 그들과 함께 살아가면서 변화해가는 자신의 모습을 솔직하게 보여줌으로써 다른 존재와 함께 살아가는 경험이 지닌 가치와 의미를 일깨워줍니다.

가까운 미래에 반려동물과 함께 살기를 원하는 청소년이라면 이 책을 통해 동물과 함께하는 삶에 대해 한 번 더 신중하게 생각해볼 수 있고, 이미 함께하고 있다면 자신의 태도를 거리를 갖고 좀 더 깊이 들여다볼 수 있는 기회가 될 거예요. 그럼 우리 모두 반려동물과 함께하는 세상 속으로 들어가 볼까요?

차례

No.1 박사

고양이 경제학 8

\+ 네코마키, 『고양이와 할아버지』 28

No.2 이랑

할배 고양이 준이치 30

\+ 하이디 유윙 감독 외, 〈개와 함께〉 52

No.3 윤정미

100마리의 동물들, 100개의 이야기 54

\+ 노석미, 『냐옹이』 78

☆ No.4 ☆
황효진

그러니까 가족입니다 80
+ 신현이,『아름다운 것은 자꾸 생각나』 102

☆ No.5 ☆
안난초
아무튼, 고양이 104
+ 고레에다 히로카즈 감독, <진짜로 일어날지도 몰라, 기적> 126

☆ No.6 ☆
이원영
내 곁에 좀 더 일찍 고양이가 있었더라면 128
+ 존 브래드쇼,『캣 센스』 150

☆ 부록 ☆
당신의 반려동물은 어디서 왔나요?
반려동물 키우기 전 체크리스트
이럴 땐 이렇게
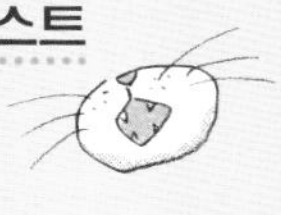

고양이 경제학

네코마키, 『고양이와 할아버지』

: 박사 : 북칼럼니스트

세상 온갖 것에 마음을 빼앗기고, 마음을 빼앗은 것을 글로 써보려고 궁리하는 사람. 문화 전반에 걸친 다양한 주제로 책을 써 왔다. 첫 책이 고양이를 키우는 기쁨과 경이로움을 담은 『고양이라서 다행이야』라 다행이라고 여긴다. 그 외에도 『여행자의 로망 백서』 『지도는 지구보다 크다』 『도시수집가』 『나에게, 여행을』 『가꾼다는 것』 『비포 컵라이즈 뉴욕』 『위크트리퍼 샌프란시스코』 『치킨에 다리가 하나여도 웃을 수 있다면』 『은하철도 999 너의 별에 데려다줄게』 『나의 빈칸 책』 등의 책을 썼다.

No.1

고양이 경제학

반은 맞고 반은 틀린 이야기

식탁에 수저 한 벌만 더 놓으면 되는데, 하던 시절이 있었다. 갈비뼈가 보이도록 깡마른 고양이를 길에서 만났을 때. 인터넷에 오도 가도 못하는 고양이의 사연이 올라온 것을 보았을 때. 키운다지만 그저 방치하고 있는 옆집의 푸석푸석한 고양이를 보고 돌아와 늘어져 있는 우리 집의 팔자 좋은 고양이들을 보면 그런 생각이 절로 들었다. 사료야 대포장 사면 몇 달은 먹이고, 그것 말고는 별로 돈 드는 것도 없잖아? 화장실 모래 살 돈이 없으면 부지런 떨면서 신문지 찢어줘도 되는걸. 학교를 보내야 하는 것도 아니고,

고양이 한 마리 거둬 먹이는 게 뭐 그리 힘든 일이라고.

그게 벌써 20년 전이다. 막 인터넷에 고양이 관련 소모임이 생겼고, 서로 갓 키우기 시작한 고양이 자랑에 여념이 없던 때였다. 집 없는 고양이 소식이 어디선가 들리면 가까운 사람의 집에 밀어 넣기 바빴다. 경제적인 부담 별로 없어, 그냥 사료만 먹이면 되는데 뭐. 집에서 부모가 반대한다고? 한번 키워보면 다를걸, 반대하시다가 열렬한 애정으로 돌아서신 분이 한두 분인가. 이거 봐, 이렇게 귀여운데. 일단 집에 들이기만 하면 애들이 알아서 할 거야. 감언이설로 꼬드기는데 안 넘어가는 사람은 몇 없었다. 그렇게 주변에 고양이를 키우는 가족들이 착착 늘어갔다.

그런데 반은 맞고 반은 틀렸다. '애들이 알아서 한다.'는 말은 맞다. 조랭이떡 같은 하찮은 놈들이 제 몇 배나 큰 사람들을 이리저리 휘두르는 것을 보는 건 어렵지 않았으니까. 생각보다 사룟값이 많이 든다고, 털이 날린다고, 여행을 못 간다고 애들을 도로 길에 내다 버리는 사람은 많지 않다. 고양이들은 태어날 때부터 사람을 홀리는 유전자를 갖고 있나 싶을 만큼 귀여우니까. 그러나 반은 틀렸다. 돈이 적게 든다고? 그 말을 했던 내 입을 내 손으로 때리고 싶을 정도다. 다시 말한다. 고양이를 키우는 일은 돈이 억수로 드는 일이다. 차를 팔거나 전세를 빼야 할지도 모른다. 농담이 아니다.

사료나 모래 같은 생필품은 집 기둥에 전혀 영향을 미치지 않는다. 용돈에 여유가 있으면 캔이나 간식을 넉넉하게 사줄 수도 있다. 집이나 해먹, 캣타워로 가면 적지 않은 돈이 들어가지만 그거야 해줘도 그만 안 해줘도 그만. 소액 적금을 들어서 야금야금 모은 돈으로 캣타워 사주는 걸 즐겁게 느낀다면 그것도 좋다. 내 경우는 '내 집이 네 집인데 뭐.'라는 마음으로 고양이 집은 따로 장만해주지 않는다. 따로 집을 마련해주면 내 옆자리로 안 오지 않을까 하는 불순한 마음도 조금 있지만 내가 고양이 집에 얹혀산다는 건 사실 아닌가. 그러니 그저 좋아하시는 장소에 폭신한 쿠션이나 열심히 깔아드리면 되지 뭐. 그 정도만 따져보면 뭐 그리 돈 들 일이 있을까 싶다.

문제는 병원비다. 사람이 병원에 가도 몇천 원에서 기껏해야 몇만 원 선에 그치는 진료비가 고양이의 경우는 기하급수적으로 늘어난다. 검사 하나가 더해질 때마다 돈이 늘어나는 속도는 빨라지고, 수술이라도 해야 한다면 몇백은 우습다. 몇천도 멀지 않다. 그렇다고 병원에 안 갈 수 있나? 눈앞에서 아픈 앨 보는데 어떻게 안 갈 수 있나. 고양이는 육식동물의 본성을 뼛속까지 간직한 동물이라 아픈 티를 내기 시작했으면 정말 심각하게 아픈 것이다.

한집에 살면서 아픈 애를 나 몰라라 하는 건 불가능하다.

그러니 아픈 애를 내다 버리는 일이 생긴다. 얼마 전 인터넷에 올라온 사진 한 장을 보고 마음이 불편했다. 길거리에 버려진 스티로폼 박스. 돌로 눌러놓은 그 박스에는 구멍이 몇 개 뚫려 있었다. 매직으로 "아픈 고양이니 건드리지 마시오."라고 쓰여 있었던가. 그 안에서 겨우 숨만 쉬고 있었을 작은 생명이, 자기를 버린 사람을 철석같이 믿고 따랐을 그 마음이 갈고리처럼 걸려서 잘 빠지지 않았다. 일면식도 없는 고양이가 사진 한 장만으로 이런 마음이 들게 하는데 내 살 맞대고 산 고양이를 쉽게 버릴 수 있을까?

요도크

요도크를 데리고 올 때 내 마음이 그리 쉬웠다. 집에 수저 한 벌만 더 놓으면 될 줄 알았다. 다행히 파양되어 온 요도크는 건강했고 귀여운 식탐도 있었다. 낯가림도 없어서 사무실에서 오가는 사람들을 의젓하게 맞이하곤 했다. 그래서 '대리'라는 직급을 받았는데, 적응력이 뛰어난 '요대리'님은 곧 '요과장님'을 거쳐 '요사장님'으로 빠른 속도로 승진했다. 그렇게 우리 사무실을 대표하는 얼굴이 되었다.

그런 요도크가 더 이상 음식을 입에 대지 않았을 때, 친구의 차를 얻어 타고 병원으로 가면서 나는 내 간병인 생활이 그리 길

아픈 고양이니 건드리지 마시오

어질 줄은 몰랐다. 방광염과 요도결석으로 인한 수술이 끝난 뒤 병원에서는 어렵게 꽂은 카테터를 뽑지 않기를 바랐다. 나이도 많고, 만약 다시 요도가 막히면 또 수술을 견뎌낼 수 있을지 장담할 수 없기 때문이란다. 카테터를 꽂으면 오줌이 생기는 대로 찔끔찔끔 배출할 수밖에 없다. 가둬두거나 묶어둘 수밖에 없다는 얘기다. 집 안에 온통 오줌 칠을 하고 다니게 둘 수는 없으니까. 그러나 요도크는 묶여 있는 상태를 견디지 못했다. 극렬히 싫어했다. 내가 근처에 오면 네 발에 발톱을 세우고 악착같이 매달렸다. 그런 아이를 떼어내는 게, 하루 종일 끈이 닿는 곳까지만 하염없이 걷고 또 걷는 애를 보는 게 고통스러웠다. 우리는 함께 고통스러웠다.

병원에 갈 때마다 선생님께 언제쯤 카테터를 뽑을 수 있겠느냐고 물었다. 실력은 좋지만 무뚝뚝했던 선생님은 당분간 힘들겠다며 이렇게 말했다. "물론 애가 이렇게 아프면 애완동물로서는 수명이 다했다고 봐야죠." 너무 당황해서 뭐라 받아치지도 못했고 돌아와서도 생각이 많아졌다. 직업이 수의사인 사람이 실제로 그렇게 생각했을 리는 없다. 그보다는 다른 많은 사람들의 생각을 기준으로 내 생각을 짐작해본 것이리라. 많은 사람들이 건강하고 귀엽고 발랄하고 애교가 가득할 때까지만 '애완동물'이라고 생각한다는 얘기다. 그렇다면 늙고 아프게 되면 그 아이는 무엇이 될까. 애완동물로서의 수명이 다하고 나면 그 이후 남아 있는 시간

동안 이 아이들은 무엇으로 살아야 할까.

죽거나, 아니면 완쾌되리라 생각했던 절망과 희망 사이 어디쯤에서 요도크는 가늘고 길고 위태로운 투병 생활을 했다. 만성신부전. 완쾌될 희망은 없었지만 요도크는 착하게 견뎌주었다. 병원비가 만만치 않았지만 병원에 갈 때마다 생각지 않았던 돈이 생겼다. 필요할 때마다 인세도 들어왔다. 병원비를 벌어오는 모양이라고 우리는 웃었다. 책은 10쇄를 찍었고 요도크는 결국 제 장례비까지 벌어놓고 갔다. 마지막 병원 가는 택시 안에서 인세 넣어준다는 전화를 받고, 아직 더 오래 살다 갈 모양이라며 조마조마한 마음을 누르고 웃었지만 그게 마지막 외출이 되었다.

아픈 개를 안고 병원에 갔던 지인은 당황스러운 일을 당했다고 했다. 수술을 해야 하는데, 400만 원 정도가 든다며 정말 수술을 시키겠냐고 물었다는 것이다. "당연히 해야죠."라고 했더니 먼저 수납을 하라고 했다고. 수술만 시키고 돈도 안 내고 찾아가지 않는 경우가 종종 있다고 했단다. 그분은 남편과 함께 흥분해서 "내가 돈 400만 원에 식구인 개를 포기할 것 같으냐, 얼마가 들든 포기할 것 같으냐."라고 펄쩍 뛰며 화를 냈지만, 집으로 돌아오는 길에 "그런데 4,000만 원이었으면 어땠을까?" 하고 묻는 남편의 말에는 잠깐 머뭇거릴 수밖에 없었다고 한다. 애정이 없어서가 아니다. 현실적으로 상한선은 존재한다. 우리가 재벌이 아닌 다음에야. 그렇다고 포기할 수는 없으니 감당할 수 없다면 애초에 시작하지 않는 것이 맞지 않을까.

요도크가 떠난 뒤, 집 없는 고양이가 새 가족을 찾는다는 글을 볼 때마다 나는 4,000만 원이라는 숫자를 떠올렸다. 4,000만 원을 감당할 수 있을까? 내 처지에? 요도크의 죽음으로 인한 슬픔과 바늘 끝 같은 현실 인식이 겹쳐서 내 남은 인생을 함께할 마지막 고양이는 스밀라뿐이라고 마음을 거듭 굳혔다. 다행히도 스밀라는 혼자 남았다고 외로워하거나 힘들어하지 않았다. 마치 태어날 때부터 외동이었다는 듯 나와 둘이 사는 삶에 쉽게 적응했다. 그렇게 다른 고양이와의 인연은 끝인 줄 알았다.

자루

후배가 사무실을 정리하면서 고양이들을 입양 보내야겠다고 연락했을 때 좋은 집을 찾기 어려울 거라고 잘라 말하면서도 고양이 사진을 보내라 했다. 사진과 간단한 정보를 받아 SNS에 올릴 요량이었다. 제 운명을 개척하는 것은 고양이의 몫, 우리는 거들 뿐이다. 세 장의 사진 중 자루 사진에 눈이 멎은 건 요도크와 같은 검은색 장모종이었기 때문이다. 어쩔 수 없이 외모가 닮으면 마음이 움직인다. 고민하다가 후배에게 문자를 보냈다. 세 마리를 다 맡아줄 수는 없지만 자루만 내가 임시 보호하고 있다가 입양 보내

보겠노라고. 가족으로 들일 수는 없어도 사정이 여의치 않은 고양이가 잠시 머물 자리는 있었으니까. 요도크가 비운 자리는 그렇게 쓰였다.

사실 자루를 들이기 전에 모모란 고양이도 이 집을 거쳐 갔다. 모모는 고양이 같지 않은 활달한 성격으로 우리 집에 온 첫날부터 집 안을 휘젓고 다니는 바람에 스밀라의 모진 미움을 받다가 아는 사람 집으로 건너갔다. 스밀라가 그토록 미워하지만 않았으면 모모도 우리 식구가 될 수 있었을까? 생각이 없었던 건 아니지만 새로 자리 잡은 집에서 지극한 사랑을 받는 것을 보면서 보내기를 백번 잘했구나 생각했다. 게다가 모모는 뒤늦게 지병이 있다는 게 발견되었는데 지인은 아이의 병을 치료하기 위해 노력을 아끼지 않았다. 정확한 액수는 잘 모르지만 병원비가 상당했으리라 짐작한다. 모모를 입양할까 하는 뜻을 표명한 사람들이 몇몇 있었는데 결과적으로 그들 중 누구보다 자신에게 필요한 사람에게 간 셈이다.

자루도 그런 사람을 만날 수 있을까. 후배가 캐리어도 없이 한쪽 팔에 답싹 안고 온 자루는 동그란 노란 눈의 미모가 눈부신 고양이였다. 그래서 입양처를 찾기가 수월할 거라고 쉽게 생각했다. 건강도 성격도 적응력도 좋았다. 하지만 쉽지 않았다. 바로 그 미모 때문에.

고양이들이 자신의 인연을 찾아가는 과정을 보면 정말 '묘연'이라는 게 있지 싶다. 장애가 있는 길고양이도, 평범한 외모의 집고양이도 세상에서 자기를 제일 예쁘다고 생각할 사람에게로 간다. 남들이 보기엔 그저 그런 고양이도 자꾸 생각난다며, 아무래도 나와 인연인 것 같다며 신중하게 조건을 만들고 자리를 펼쳐 데려가는 이들이 있다. 그래서 나는 입양 보내는 데 까다롭게 굴지 않았다. 나도 처음부터 모든 상황이 좋을 때 고양이를 키우기 시작한 게 아니었고, 결국 가족이 되면 여러 조건도 함께 바뀌리라 생각하기 때문이다.

그렇지만 자루의 경우는 좀 달랐다. 너무 예쁘기 때문에 앞뒤 사정을 고려해보지도 않고 입양하고 싶다는 사람들이 많았다. 의심할 수밖에 없었고 저절로 까다로워졌다. 신중하고 기나긴 조항을 내걸고 얼마나 내가 말한 조건에 부합하는지 점검했다. 사람들은 내가 자루를 키우고 싶어서 일부러 사람들을 퇴짜 놓는다고 했다. 그중엔 뒤에서 나를 비난하는 사람도 있었다. 키우고 싶었다면 말없이 그냥 눌러 앉히면 될 일. 굳이 기나긴 입양 글을 올릴 필요도 없었는데. 내가 이미 자루를 키울 생각을 품고 형식적으로 사람들을 들었다 놨다 한다는 얘기는 억울했지만 어쩔 수 없었다.

그러다 결국 마음을 돌려먹었다. 정확히 말하면 지쳐서 마음을 내려놓은 것에 가깝다. 자루를 앞에 앉혀놓고 "너, 그냥 나랑 살아야겠다."라고 하자 자루는 내 손을 꽉 깨물었다. 좋은 집 찾아준다매. 부자 부모 찾아준다매. 그런 뜻이었을까? 자루에게 우리 집이 좋은 곳인지는 모르겠다. 스밀라는 모모만큼은 아니지만 자루를 좋아하지 않고 가끔 쥐 잡듯 잡는다. 집은 좁고 캣타워니 캣휠 따위도 없고, 맛있는 것도 넉넉히 사주지 않고 성에 차게 놀아주지도 않는다. 내가 퇴짜 놓았던 사람 중에는 나보다 훨씬 조건이 좋은 이가 있었을지도 모른다. 그렇지만 어쨌든 자루는 우리 집 식구가 되었다. 이것도 묘연이리라. 묘하고 묘한 고양이 인연.

그리고 스밀라

처음 고양이를 키우기 시작할 즈음엔 다들 아무 생각 없었던 사람들도 몇 번의 병원비 폭탄을 맞은 뒤에는 '어맛뜨거라' 적금이라도 들 궁리를 하고 서로 권한다. 하지만 그 단계가 지나고 나면 따로 고양이를 위한 돈을 마련해놓지 않는다. 내 돈이 고양이 돈이기 때문이다. 세 마리의 고양이를 키우다 두 마리를 무지개다리 너머로 보내고, 스무 살 먹은 고양이를 봉양하고 있는 지인도 처음에는 각각의 고양이를 위해 노후 적금을 들어두었노라고 했다. 그런데 첫째 아이가 아팠을 때 자기 적금뿐만 아니라 동생

너, 그냥 나랑
살아야겠다!

들 적금까지 홀랑 들어 먹었고, 이후에는 빚을 내서 병원에 다녀야 했다며 말했다. 적금 아무 소용없다고. 그저 살아 있을 때 맛있는 거 먹이고 풍족하게 살게 해주면 된다고. 사실 고양이가 말년에 아플 때 얼마가 들어갈지는 아무도 모른다.

나도 이후의 병원비 당겨쓰는 마음으로 스밀라와 자루에게 매일의 밥을 준비해준다. 닭안심 날고기는 나이가 들면 소화하기 힘들다고는 하지만 양질의 단백질을 공급하고 치석 제거에도 효과가 있다. 물론 제대로 된 생식을 하면 더 좋겠지만 거기까지는 여력이 닿지 않으니 내가 할 수 있는 데까지 한다. 덕분에 입 짧은 자루는 몰라도 스밀라는 건강체라고 생각했다. 올 여름이 오기 전까지는.

스밀라 눈이 퀭해지고 살이 훅훅 빠지는 데까지는 오래 걸리지 않았다. 하루 이틀이 달랐다. 숨을 몰아서 쉬었고 눈에서 영혼이 사라진 것처럼 보였다. 밥을 거부했다. 놀라서 동네 병원에 들쳐 업고 갔다. 심장병, 신장병, 갑상선 등 온갖 병들이 물망에 올랐다. 동네 작은 병원에서 할 수 있는 모든 검사를 했지만 딱히 원인이 나오지 않았다. 리스트는 차례차례 지워졌지만 끝판왕이 남아 있었다. 의사는 암을 의심했다. 암이라면 열다섯 살의 스밀라가 치료 과정을 견디기는 힘들 것이다. 더 정밀한 검사를 하기에는 체력이 받쳐주지 않는다며 의사 선생님은 식욕촉진제를 처방해준 뒤 나와 스밀라를 집으로 돌려보냈다. 일주일간 어떻게든 체중을

늘려야 했다. 절박했다.

열다섯 살. 사람으로 치면 팔십 대 노인이다. 귀여운 얼굴과 풍성한 털에 가려져 있지만 스밀라는 착실하게 나이를 먹고 있었던 것이다. 지인은 더 큰 병원에 가라고 권했다. 굳이 그럴 필요가 있을까? "동네 병원이지만 평이 좋아요. 실력이 좋은 선생님이라고 추천받았는걸. 이 병원에서 난치병을 치료한 고양이도 있대요." 했지만 지인은 동네 병원을 꺼리는 눈치였다. 병원의 크기와 의사 선생님의 실력이 꼭 비례하는 건 아닌데, 왜일까?

실력의 차이 때문이 아니었다. 동네 병원에 가는 동네 사람들은 대부분 병원비에 큰 투자를 할 마음의 준비가 되어 있지 않다. 그렇기 때문에 의사 선생님은 방어적으로 치료할 수밖에 없다. 회생 가능성이 적은데 돈 많이 드는 치료는 권하지 않고, 기본적인 검사 외에 추가로 해야 할 검사도 웬만하면 건너뛴다. 그러다 일찍 발견하면 치료할 수 있었던 병을 뒤늦게 발견하기도 하고, 더 노력하면 몇 년은 살 수 있는 아이가 좀 더 일찍 삶을 마감하기도 한다. 그렇게 아이를 쉽게 포기할 수 없는 사람들은 큰 병원으로 가고, 큰 병원의 의사들은 돈이 얼마가 들든 감당할 마음의 준비가 되어 있는 보호자들을 감안해 아이의 회복 계획을 짠다. 그 차이가 가장 컸다.

다행히, 스밀라는 빠르게 회복했다. 아마도 더위를 먹었던 것이리라 짐작한다. 노년의 고양이는 더위 때문에 죽을 수도 있다는 것을 알게 되었다. 덕분에 나는 스밀라의 현재와 곧 다가올 죽음을 실감할 수 있었다. 드물지만 스무 살 넘어 사는 고양이들도 있다. 그렇지만 스무 살이라고 해봐야 겨우 5년 남짓 남았을 뿐이다. 건강하다고만 생각했던 스밀라도 가만가만 만져보면 근육이 많이 빠지고 살집이 얇아졌다. 이제부터 스밀라는 병원 갈 일이 많아질 것이다. 내 벌이가 스밀라의 병원비를 충당하고 남음이 있기를 바랄밖에.

어째서 동물의 병원비가 사람 병원비를 그렇게 훌쩍 초과하느냐고 따져 묻는 사람들이 있다. 사람보다 고양이 가치가 더 높다는 의미냐 묻는다. 그 반대다. 사람이 더 중요하다고 여기기에, 사람 의료비는 가능한 한 감당하기 쉬운 수준으로 떨어뜨리는 데 갖은 노력을 기울이지만 동물은 그렇지 않다. 동물은 아직도 여유 있는 사람이 키우는 취미의 영역에서 크게 벗어나지 못했다. 그러므로 어쩔 수 없이 현실적으로, 입양은 신중하게 결정해야 한다. 그 모든 것을 고려할 수 있었다면 요도크와 스밀라, 자루를 입양하지 않았을까? 물을 필요도 없이 나는 그들과 함께 살기를 선택하겠지만, 아마도 내 인생의 고양이는 이제 진짜로 스밀라와 자루가 마지막이지 싶다. 그 지긋지긋하고 아름답고 뜻밖인 묘연에 얽히지만 않는다면.

#집사야 #볕이아주좋구나 #뒤통수가 #따갑다

'그 지긋지긋하고
아름답고 뜻밖인 묘연'

고양이와 함께 꿈꿀 수 있는 최적의 삶

네코마키, 『고양이와 할아버지』

함께 사는 고양이들에게 가장 미안한 것은 자유로운 산책을 하게 해줄 수 없다는 점이다. 도시에 사는 고양이에게 집 밖은 너무 위험하다. 그러니 이 책의 배경인 섬마을이 천국 같아 보일 수밖에.

섬마을 어촌에서 할아버지와 둘이 사는 '타마'는 통통한 노란 얼룩 고양이다. 타마를 예뻐하던 할머니가 돌아가신 뒤, 둘은 툇마루에 앉아 정원을 내다보거나 같이 산책을 하며 서로를 돌본다. 타마가 사는 집만 특별한 것은 아니다. 이 작은 마을엔 어디든 고양이가 넘친다. 사람들은 서로의 안부를 고양이 안부로 대신하고, 이웃에게 음식을 나눠주듯 고양이에게도 넉넉하게 곁을 나눠준다. 고양이가 평화로운 마을은 사람에게도 그렇다는 뜻. 노년을 보낼

『고양이와 할아버지』 | 지은이 네코마키
옮긴이 오경화 | 대원씨아이 | 2016

곳을 찾는다면 이 마을도 좋겠다. 층계가 너무 많다는 게 문제지만.

책을 읽다 보면 작가가 고양이에 대해 무척 잘 안다는 걸 느낄 수 있다. 고양이를 키우며 사는 부부 작가답게 고양이 행동에 대한 묘사가 섬세하고 정확하다. 그래서 책을 읽다 보면 저절로 미소가 떠오른다. 고양이들은 어디나 비슷하구나 하는 깨달음과 함께.

노년을 고양이와 함께 평화롭게 지내고 싶지만 그러다 내가 먼저 죽으면? 남은 고양이의 삶이 신산해질까 봐 걱정되는 것이 도시에 사는 고양이 보호자들의 마음이라면, 이 천국 같은 마을에선 적어도 그럴 염려는 없겠다. 그래도 마음이 쓰이지 않을 리는 없겠지. "우리는 동지 아니냐. 끝까지 함께 가는 거야."라는 할아버지의 말이 단단하고 따뜻하다.

할배 고양이 준이치

하이디 유윙 감독 외, 〈개와 함께〉

: 이랑 : 예술직종 자영업자

‘한 가지만 하라’는 말을 많이 듣는 사람. 정규 앨범 <욘욘슨> <신의 놀이>를 발표했다. 지은 책으로 『내가 30代가 됐다』『대체 뭐하자는 인간이지 싶었다』『오리 이름 정하기』 등이 있다. 단편영화, 뮤직비디오, 웹드라마 감독으로도 일하고 있다. 이랑은 본명이다.

No.2

할배 고양이 준이치

나이 든 반려동물과 산다는 것

내가 키우는 고양이 준이치의 추정 생일은 2006년 1월 15일이다. 그러니 준이치는 2020년에 열다섯 살이 된다. 열다섯 살은 고양이에겐 결코 적은 나이가 아니다. 집고양이의 평균 수명은 15~16년으로, 사람으로 치면 팔구십 대 노인에 해당된다. 요즘은 의학의 발달로 평균 수명이 점점 길어지는 추세이고, 드물게는 평균 수명보다 훨씬 더 오래 사는 초(超)장수 고양이도 있다지만 요즘 준이치의 상태를 볼 때 슬슬 마음의 준비를 해야 할 때가 된 것이다.

노묘(늙은 고양이)와 함께 산다는 것은 달리 말하면 '심쿵'할 일이 많아진다는 뜻이기도 하다. 좋아서 심쿵하는 것이 아니라 놀라고 당황해서 심장이 덜컥 내려앉는다. 어느 날은 뱃구레가 큰 준이치가 도통 아무것도 먹질 않아 가슴이 덜컥 내려앉기도 했고, 또 어느 날은 오줌을 못 싸고 이불을 긁으며 지리길래 병원을 찾았더니 결석이라고 해 놀란 적도 있었다. 이래저래 늙은 고양이와 산다는 것은 자주 놀라고 불편하고 슬픈 일과 마주할 준비가 되어 있어야 한다는 의미이다.

준이치의 이름을 짓던 때가 생각난다. 묘연이라는 게 있다던데 준이치와의 만남을 생각해보면 정말 그런 게 있는 것도 같다. 준이치와 내가 처음 만난 것은 2006년 3월의 어느 봄날이었다. 당시 스물한 살이었던 나는 대학 입학을 앞두고 있었고, 입학 전 영화과 동기들끼리 만나는 모임이 몇 차례 있어 친해질 사람을 찾느라 정신없는 시기였다. 그런데 N으로부터 뜻밖의 전화가 걸려왔다.

이제 와 부끄러운 고백을 하자면 그 당시 나는 품종묘 분양을 기다리고 있었다. 재수생 시절 다녔던 미대 입시학원 선생님이 러시안 블루라는 품종묘 세 마리의 보호자였는데, 품종묘가 정확히 뭔지도 모른 채 나는 선생님이 매일 보여주는 귀여운 냥이들 사진을 보고 그 고양이들과 사랑에 빠졌더랬다. 녀석들이 보고 싶어

하루가 멀다 하고 선생님 집에 뻔질나게 놀러갔고, 심지어 선생님이 나가는 '러시안 블루 애묘인' 정모에도 따라다녔다. 그리고 정모에 나온 보호자들의 러시안 블루 칭찬 릴레이를 들으며 나도 언젠가 신비한 파란 눈을 가진 러시안 블루와 함께 살게 되리라 꿈꿨다. 아니, 꿈꾸는 데 그친 것이 아니라 실제로 선생님의 도움을 받아 러시안 블루를 분양받을 수 있는 곳과 절차를 알아보았고, 입양 순번을 기다리며 한 발짝 꿈에 가까워지고 있다고 생각했다. 그런데 느닷없이 지인인 N에게 코숏 턱시도 고양이를 데려갈 수 있겠냐는 연락을 받은 것이다.

당시 월간지 기자였던 N은 자기 집 근처 골목 한가운데서 혼자 앉아 있는 아기 고양이를 발견했다. 아직 어미 젖도 떼지 못한 젖냥이라 마음이 쓰였지만 선뜻 데려가기엔 사정이 복잡했다. 그래서 '위험한데….'라고 생각하며 집에 돌아갔는데 아무래도 신경이 쓰여 다시 나가보니 여전히 그 자리에 앉아 있어 데리고 왔다고 한다. 주택가 골목이지만 차가 제법 다니는 길이어서 로드킬이 걱정되었던 것이다. 그렇게 일단 '냥줍'이란 걸 하긴 했지만 얼마 뒤 결혼을 앞두고 있던 데다 이런 저런 사정으로 키울 수 있을지 확신이 없었다고 한다.

전화를 받고 잠시 망설였던가. 이미 러시안 블루 고양이에게 흠뻑 빠져 있던 터라 썩 내키지는 않았지만, 결혼을 앞둔 N이 몹시 난처한 상황인 것 같아 내가 나서야겠다고 생각했다. 그리고 주변인 중 유일한 고양이 보호자였던 학원 선생님과 함께 그 아기 고양이를 데리러 갔다. 이동장도 없이 가방에 아기 고양이를 넣고 나온 N은 꽤 안도하는 표정이었다. 같이 간 선생님은 애묘인답게 익숙한 손놀림으로 아기 고양이를 받아 안고는 녀석을 부드럽게 쓰다듬으며 너무너무 예쁘다고 연신 말했다. 하지만 그때 나는 한 번도 고양이를 안아본 적이 없는 사람처럼 딱딱하게 앉아, 부끄럽게도 아기 고양이의 얼평을 하고 있었다.(정말이지 미안하고 반성합니다.) 고양이라고는 파란 눈에 부드럽게 빛나는 은빛 회색 털을 지닌 러시안 블루밖에 몰랐기에 까만 털과 흰 털이 얼룩덜룩 섞인 노란 눈의 길고양이가 내 눈에 영 예뻐 보이질 않았다.(준이치는 성묘가 되며 노란 눈이 녹색으로 바뀌었다. 그래서 더 미안하고 반성합니다.) 어쩔 수 없이 그날은 조금 심란한 마음으로 빽빽 우는 아기 고양이와 함께 지하철을 타고 집에 돌아왔다.

러시안 블루가 아닌 고양이

그래도 이름은 지어야겠지. 집에 데려온 고양이에게 이름을 붙이기 전, 아무리 들여다봐도 러시안 블루가 아닌 코숏 턱시도 고양이를 발끝으로 툭툭 건드리며 "야, 야" 하고 불렀다. 그러다가 언젠가는 이 고양이를 사랑하게 될까, 그 언젠가가 오긴 올까, 불안한 마음으로 이름을 생각해봤다. 당시 사귀고 있던 사람이 유난히 일본 만화와 게임을 좋아했었기에 우선 그의 집에서 보았던 만화와 게임 속 이름들을 후보로 몇 개 떠올려보았다. 일본어를 몰랐기에 의미와 상관없이 발음이 재미있는 기준으로 골랐다. 플레이스테이션 게임 〈괴혼: 굴려라 왕자님〉에 나왔던 이름인 이치고, 베루베토, 후밍. 만화 『삐리리 불어봐 재규어』의 주인공 재규어 준이치, 그리고 극중 가장 임팩트 있었던 동물 캐릭터 냥표도 이름 후보에 올렸다. 여러 이름들을 소리 내 몇 번씩 불러본 기억은 있으나 정확히 어떤 이유로 준이치라는 이름을 고르게 됐는지는 잘 기억나지 않는다. 어쨌든 털실 뭉치처럼 작고 가여운 아기 고양이는 그렇게 '야'라는 감탄사도 대명사도 아닌 애매한 호칭에서 벗어나 풀네임이 재규어 준이치인 '준이치'가 되었다.

당시 나는 산본에 있는 부모님 댁에서 잠깐 지내고 있었기 때문에 학교 앞 옥탑방으로 이사를 나갈 때까지 준이치는 하루의 대부분을 집에서 엄마와 함께 보냈다. 동기 언니들은 그 시절 내가 동기 모임에서 매번 일찍 자리를 뜨며 "준이치 밥 주러 가야 한다."라고 말했던 것을 기억하지만, 그때까지만 해도 나는 집에 왔을 때 '준이치~'라고 부르는 제 이름에는 반응하지 않고 엄마가 멋대로 붙인 '냥이'라는 이름에만 반응하는 준이치에게 여전히 정을 붙이지 못하고 있었다.

준이치는 1.5개월 그 어린 나이에 어떤 이유로 엄마 고양이와 떨어져 건대 입구 어느 골목에 혼자 앉아 있었던 걸까. 숨겨진 사연을 알 길은 없지만 영양실조의 길고양이였던 준이치는 데려오자마자 잦은 병치레를 했다. 화장실과 깨끗한 모래 정도만 준비하면 될 줄 알았던 어리석은 나는 통장에 있는 몇십만 원의 전 재산을 털어 아직 정이 붙지도 않은 작은 준이치를 운동화 박스에 넣고 동네 동물병원을 돌아다녔다. 한 의사는 건조한 얼굴로 어떤 설명도 하지 않은 채 당시 내 재정 상태로는 도저히 감당할 수 없는 비싼 검사를 연속해서 권했다. 돈이 없었던 내가 제일 저렴하고 기본적인 검사 한두 개만 해줄 것을 부탁하자, 의사는 무표정한 얼굴로 검진대를 닦으며 "이대로라면 곧 죽을 것이다."라고 아무렇지도 않게 말했다. 나는 너무 겁이 나고 무서워서 꼬물대는 준이치를 안고 병원 앞 계단 복도에 앉아 엉엉 울었다.

그래도 포기하지 않고 연속으로 설사를 하는 준이치에게 습식 사료를 먹이고, 엄마가 안방에서 쓰는 적외선 치료기를 열심히 쬐어준 탓일까. 의사의 경고와는 달리 얼마 뒤 준이치는 점점 기운을 차렸다. 그리고는 쌩쌩하게 살아나서 자고 있는 내 발을 물

Dr.

고 온 방에 자기 똥을 묻히며 뛰어다녔다. 저 조그만 게 제힘으로 살아난 게 기특하고 대견해서 내 얼굴에도 덩달아 웃음이 번졌지만 그때 나는 준이치를 얼마나 사랑했을까.

불량한 집사와 열두 번의 이사

고양이는 자신을 돌볼 보호자를 스스로 알아서 선택한다고들 하는데, 그렇다면 준이치는 꽤나 불량한 집사를 선택한 셈이다. 나는 헐렁하고 불성실한 고양이 보호자였다. 언젠가 한 번은 준이치를 데려온 2006년부터 매해 내가 준이치를 어떻게 돌보았는지를 적어보았다. 2007년은 레스토랑에서 하루 11시간 일을 하느라, 2008년은 학교에 복학해 워크숍 작품을 만드느라, 2010년은 한 달 반 동안 여행을 가느라, 2011년은 몇 명의 애인을 동시에 만나느라, 2012년은 앨범 작업을 하느라, 2015년은 드라마 작업을 하느라… 어느 한 해도 빼놓지 않고 준이치를 잘 돌보지 못했다. 매해 그렇게 핑계와 이유가 많았다.

그렇다면 올해는 어땠나. 2011년을 시작으로 공연을 하러 다니기 시작한 일본 활동의 규모가 점점 커져 지금은 거의 한국 반 일본 반 수준으로 일을 하고 있다. 1년에 한두 번 가던 방일 일정이 한두 달에 한 번으로 빈번해졌다. 한 번 갈 때마다 짧게는 닷새에서 열흘 일정으로 간다. 긴 이동으로 지쳐 외부 일정을 소화하기 힘든 입국, 출국 일을 제외하고 나머지 날들은 인터뷰를 하거나, 공연 혹은 출판계 관계자 미팅을 하거나, 라이브나 토크 일정을 소화한다. 거기에다 중간중간 만나고 싶었던 친구들을 보고나면 일주일의 시간도 '순삭'이다. 헌데 그렇게 매달 일주일을 일본에 있다고 생각하면 1년에 7×12=84일을 나가 있는 것이다. 아니, 365일 중 84일이나 준이치를 만나지 못했다고?(스케줄러를 보며 세어보니 2019년은 79일 동안 일본을 포함한 해외 일정을 소화했다.)

나와 함께 살고 있는 일본인 파트너는 내 해외 스케줄에 동행하지 못한다. 집에서 준이치를 돌봐야 하기 때문이다. 그는 일본에서 나고 자랐지만 지금은 내가 일을 하러 일본으로 가고, 정작 그는 일 년에 한두 번 고향에 계신 어머니를 만나러 가는 정도이다. 그렇게 1년에 80일 정도를 (주로) 일본에 있는 한국인인 나와, 1년에 열흘 정도를 제외하고는 내내 한국에 있는 일본인 파트너. 현재는 이렇게 우리 둘이 준이치를 돌보고 있다.

일본 활동을 하게 된 후 "왜 이랑 씨의 고양이 이름은 준이치입니까?"라는 질문을 많이 받는다. 처음 이름을 지을 때는 별생각이 없었는데, 일본에서 같은 질문을 많이 받게 된 후에야 준이치가 '일본 사람' 이름이라는 걸 새삼 체감하게 되었다. 일본에서 잠깐 한국에 놀러 온 지인이 준이치를 내려다보며 "기분이 이상해. 내 전 남친 이름이랑 같아서."라고 말하는 일도 있었고, 도쿄에서

했던 인터뷰 담당 기자 이름이 준이치였던 날도 있었다.(한편 내 파트너의 어린 시절 반려동물이었던 강아지 이름은 '랑'이었다. 그의 고향집에 함께 방문했을 때 그의 어머니가 강아지 사진을 보여주며 "얘가 랑이란다."라고 미소를 지으며 말씀하셨다.)

그런데 2019년 10월, 내가 출연하게 된 공연이 우연하게도 파트너의 고향인 센다이 근처에서 열리게 되었다. 흔치 않은 일이라 그의 어머니도 만날 겸 함께 가기로 했다. 준이치는 집에서 도보로 5분 거리에 사는 J 언니의 집에 위탁을 하기로 했다. 체념을 했는지 꼬리를 축 늘어뜨린 채 힘이 없는 준이치가 눈에 밟혔지만 오랜만에 파트너와 함께 일본에 가는 일정이니 준이치도 이해해주겠지 하고 마음 편하게 생각했다.

평소 해외 일정을 다니고 돌아오면 준이치가 '화가 났다' 혹은 '서운하다'는 감정을 보여주기 위해 하루 이틀 나를 외면하고 벽면 수행을 하는 경우가 종종 있었기에 이번에도 적잖이 서운해하리라는 예상은 했지만 그보다 더 큰 일이 생길 줄은 몰랐다. 센다이 일정은 매우 즐거웠지만 일본 열도 사이즈의 역대급 태풍이 시작되면서 기약 없이 발이 묶이게 된 것이다. 전국 각지의 페스티발이 취소되었을 뿐만 아니라 비행기와 철도 역시 모두 운행을 중단했다. 귀국 예정일에 비행기가 결항되자 당장 다음 날부터 예정되어 있던 서울 일정이 모두 꼬이기 시작했다. 일정 걱정에 몸이 달아 어떻게든 돌아갈 방법을 찾아야 했다. 파트너와 나는 비바람을 뚫고 공항에 가 뜰지 안 뜰지 모를 비행기를 우선 예약했고 그게 안 되면 어떤 방법으로든 도쿄로 이동해 비행기를 타기로 했다. 다행히 다음 날 오후에 비행기가 떴고, 우리는 그렇게 센다이에서 열흘을 꽉 채우고 돌아왔다.

저녁 무렵에 준이치를 데리러 가니 J 언니는 며칠 전부터 준이치가 기운이 없다고 했다. 당일 아침까지도 밥은 잘 먹었다고 했지만 역시 좀 기운이 없어 보였다. '스트레스 때문이겠지.' 간단히 내 멋대로 생각하고는 집으로 데려왔는데 준이치는 그때부터 침대에 푹 파묻혀 죽은 듯이 잠만 자기 시작했다. 열흘간 저도 힘들고 정신없었나 보다 생각하며 대수롭지 않게 넘겼으나 다음 날도 전날 밤 모습 그대로 꿈쩍도 하지 않고 잠만 잤다. 물도 밥도 입에 대지 않고 화장실에 가지도 않고 정말 시체처럼 축 늘어져 눈을 감고 누워만 있었다. 좋아하는 간식을 가져다줘도 아무런 반응이 없었다. 준이치와 함께한 14년 동안 준이치가 먹지 않는 상황은 한 번도 없었기에 너무너무 당황했다. 축 늘어진 준이치를 이동장에 집어넣고 병원으로 달려갔다. 피 검사를 하고 의사에게 보이니 면역 수치가 현저하게 떨어져 있다고 했다. 고양이에게는 주거지가 바뀌는 것이 가장 큰 스트레스 중 하나라며 의사는 그간 준이치가 잦은 이동으로 겪었을 스트레스를 염려했다.

돌이켜보니 준이치는 14년간 모두 열두 번의 이사를 했다.

엄마 집 ⋯▸ 이문동 옥탑방 ⋯▸ 상월곡동 보일러 안 들어오는 집 ⋯▸ 이문동 다세대 2층 ⋯▸ 학교 작업실 ⋯▸ 잠깐 엄마 집 ⋯▸ 보광동 다세대 2층 ⋯▸ 망원동 다세대 2층 ⋯▸ 은평구 주택 ⋯▸ 작업실 Y 언니 집 ⋯▸ 망원동 다세대 2층 ⋯▸ 망원동 다세대 3층

위에 나열한 공식적인 이사 말고도 중간에 개인적인 사정으로 준이치를 남의 집에 맡긴 적이 열 번은 족히 넘는다. 그간 나와 함께 살면서 준이치는 얼마나 많은 고통을 견딘 것일까. 내상으로 인한 스트레스가 임계점을 넘어 몸 밖으로 터져 나온 것 같아 마음이 너무 아팠다. 하지만 이제 와 후회해본들 무슨 소용이란 말인가. 이렇게 고양이에 관해 글을 써달라는 청탁을 받을 때마다 내게 자격이 있는지 되묻곤 한다. 나는 준이치를 거저 키웠다. 그저 준이치가 참고 참았을 뿐이었다.

그날이 오면

준이치는 꼬박 이틀 동안 식음을 전폐하고 누워만 있었다. 병원에서 몇 시간 링거를 맞힐 수도 있었지만 그게 노묘인 준이치에

게 더 스트레스를 줄 수 있다며 의사는 집에 가서 휴식을 취하는 방법을 권했다. 준이치는 가끔 뭔가 말하려는 듯 입을 뻥긋뻥긋했지만 목소리가 밖으로 나오지 않았다.(다행히 목소리는 일주일 정도 지나자 조금씩 돌아오기 시작했다.) 준이치가 많이 걱정됐는지 의사가 수시로 전화를 했다. 나는 배운 대로 주사기를 통해 입에 강제로 물과 습식 사료, 약을 급여했다. 준이치는 입 안에 억지로 들어온 밥과 약을 켁켁거리며 모두 토해냈다. 준이치가 괴로워하니까 나도 더 긴장이 돼서 주사기를 든 손이 덜덜 떨렸다. '밥을 먹지 않는 준이치는 죽고 싶은 걸까?' 이따금 그런 생각들이 머릿속을 서늘하게 스쳤으나 그런 걸 찬찬이 되뇌일 겨를도 없이 그저 준이치 입에 밥과 물과 약을 꾹꾹 채워넣었다. 그 와중에도 쉬는 날 없이 빽빽한 일정을 소화해야 했지만 일이 손에 잡히지 않아 틈날 때마다 집에 돌아와 준이치와 함께 있었다. 나와 나의 이동, 나의 일 때문에 14년 동안 너무 힘들게 살았던 준이치가 그 때문에 죽을 수도 있다는 생각이 들자 어쩐지 망연자실한 기분이 되고 말았다. 일은 나의 생활을 위한 것이고 나의 생활은 곧 준이치와 함께하는 것인데, 준이치 없이 어떻게 살아야 한단 말인가.

잠을 자고 있는 준이치가 숨을 쉬고 있는지 수시로 확인하며 파트너와 나는 조용히 이야기를 나눴다. 앞으로 준이치가 죽을 때까지 두 사람이 함께 여행하는 일을 절대 만들지 말자고 약속했다. 그 약속을 하면서도 한편으로 마음이 아팠다. 이번에 파트너와 함께했던 여행이 매우 즐거웠었기 때문이다. 그리 멀지 않은 언젠가 준이치의 죽음을 마주해야 한다는 걸 알기에 우리 두 사람은 준이치가 죽는 날에 대해 종종 이야기를 나눈다. 그때가 되면 그동안 함께 가보지 못한 세계 여러 곳을 다 가보자는 이야기를 하기도 한다. 하지만 막상 준이치와 이별하는 날이 오면 그 상황을 제대로 받아들일 수나 있을까?

SNS를 통해 자주 봐온 동물 친구들의 부고를 접하거나 친구의 동물 가족이 죽었다는 안타까운 소식을 듣는 날이면 어쩔 수 없이 준이치에게도 다가올 죽음을 상상하게 된다. 흰 털이 점점 많아지고 털의 윤기는 사라져버린 준이치, 높은 곳으로 뛰어오르거나 뛰어내리는 일을 더 이상 하지 않게 된 준이치를 보며 내년에는 또 어떤 변화가 찾아올지 걱정이 된다. 분명한 것은 점점 더 나빠질 거라는 사실이다. 벌써 몸 여기저기 지방종이 잡히고, 최근에는 목 주변에 작은 돌기가 생겨 그걸 만질 때마다 이걸 어떻게 하나 또 고민이 생긴다. 이런 준이치를 위해 내가 할 수 있는 것은 고작 건강 검진 횟수를 1년에 한 번에서 두 번으로 늘리고, 병원비를 위해 적금을 붓는 일 정도이다. 준이치 나이에 마취를 하는 것은 굉장히 위험하기 때문에 마취가 필요한 수술이나 치료가 생길

까봐 그게 제일 큰 걱정이다.

어쩌면 늙은 고양이와 산다는 것은 인간으로서는 받아들이기 어려운 자연의 순리를 천천히 받아들이는 과정 같기도 하다. 생기를 잃은 채 늙고 병들어가다가 언젠가는 자연으로 흡수될 마지막 몸을 돌보는 일. 내게는 너무 힘든 과제지만 꼭 해내야 하는 일이기도 하다.

준이치가 열세 살이었던 2018년, 아주 확실하게 마음을 정한 것이 있다. 준이치가 죽기 전에는 절대로 죽지 말자는 다짐이다. 그와 연대하지 않고, 책임지지 않고 내가 멋대로 죽으면 안 되겠다고 굳게 다짐했다. 하지만 내 의지와 상관없이 사건 사고는 생기는 법이니까 효력 있는 유언장을 미리 작성해둬야겠다고 생각했다. 그렇게 작년부터 준이치 적금과 함께 유언장을 작성하기 시작했다. 유언장에 들어가는 내용은 지금 이 글에서 내내 혼란스러워하는 준이치와 일에 관한 것밖에 없다. 내 사후에 준이치를 보호해줄 수 있는 인물을 사전에 동의를 받아 몇 명 정해두었고, 그들에게 지불할 금전적 보상에 대해 상세히 적어두었다. 그 금전적 보상에는 준이치 적금과 지금 살고 있는 집의 보증금, 그리고 생전에 발표한 작품에서 발생하는 금액과 사후 발표될 작품에서 발생할 금액 등이 있다.

사는 것은 여전히 어색하고 살아 있는 것도 그렇다. 어떤 순간엔 모든 게 비현실적이라 이렇게 내가 있지도 없지도 않는 기분은 대체 뭘까 하면서 하루를 보낸다. 하지만 내가 분명히 아는 두 가지는 곧 열다섯 살, 중2가 되는 준이치(말장난이다.)가 지금 나와 함께 살고 있다는 것. 그리고 불량하고 불온한 집사지만 그의 삶에 대해서만큼은 끝까지 지켜 볼 각오가 되어 있다는 것이다.

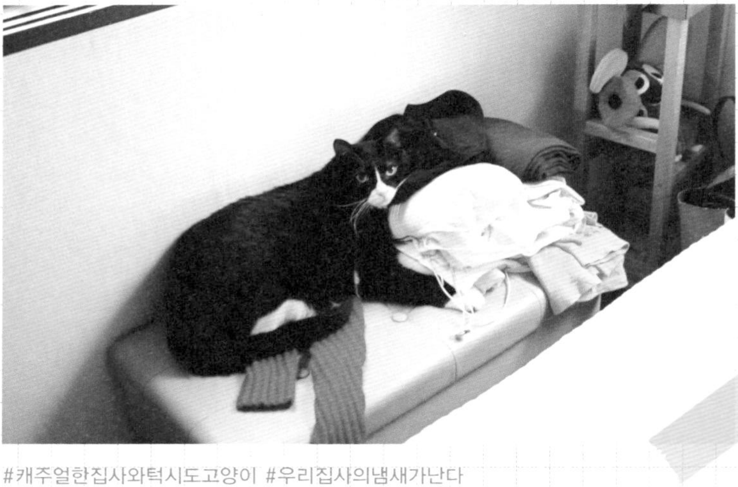

#캐주얼한집사와턱시도고양이 #우리집사의냄새가난다

일은 나의 생활을 위한 것이고 나의 생활은 곧 준이치와 함께하는 것인데, 준이치 없이 어떻게 살아야 한단 말인가.

개를 바라보는 여섯 개의 시선

하이디 유윙 감독 외, 〈개와 함께〉

인간과 개, 개와 인간 사이의 다양한 관계를 그린 여섯 편의 넷플릭스 다큐멘터리 시리즈. 이 중 두 번째 에피소드인 〈어서 와, 제우스〉를 추천한다.

강제징집을 앞두고 시리아를 탈출해 독일 베를린에 정착한 난민 아이함은 고향에 두고 온 반려견 제우스(시베리안 허스키)를 그리워한다. 아이함이 떠난 뒤 친구 아메르가 제우스를 돌보고 있지만 역시 강제징집 명령이 내려진 아메르의 신변도 그리 안전하지만은 않다. 하루하루 긴장을 풀 수 없는 상황 속에서 아이함과 제우스의 재회를 위해 시리아 동물보호단체와 그의 친구들이 힘을 합쳐 '제우스 탈출 프로젝트'를 실행하기로 하는데…. 시리아에서 레바논으로 그리고 마지막 도착지인 베를린까지 제우스는 무사히

〈개와 함께〉 | 하이디 유윙 감독 외 | 2018

갈 수 있을까?

이들의 여정을 따라가다 보면 자연스럽게 내전 속에 살고 있는 시리아 서민들의 일상을 들여다보게 된다. 가까이에서 울리는 총소리를 들으며 집 안에 숨어 있는 제우스의 모습은 전쟁으로 인해 안전한 삶의 터전을 잃는 것이 사람만은 아니라는 것을 다시금 생각하게 해준다. 몇 번의 난관을 마주하면서도 희망을 놓치지 않는 제우스와, 아이함과 제우스를 만나게 해주기 위해 고군분투하는 친구들의 모습은 꾸며낸 이야기가 아니기에 더욱 울림이 크고, 지금 직면해 있는 전쟁 그리고 난민 문제에 대해서도 많은 생각을 하게 한다.

100마리의 동물들,
100개의 이야기

노석미, 『냐옹이』

: 윤정미 : 사진가

대학에서는 서양화, 대학원에서는 사진을 전공했다. 사진을 찍고 전시하고 사진집을 내고 학생들을 가르치면서 살고 있다. 사진집으로 『핑크 앤 블루 프로젝트』 『반려동물』 『It Will Be a Better Day_근대소설』 등이 있다. 발랄한 강아지 몽이를 키우며 살고 있다.

No.3

100마리의 동물들, 100개의 이야기

수현과 찡꼬와 베리, 나와 몽이, 그리고…

저는 사진작가입니다. 빠삐용 강아지 몽이를 키우고 있지요. 삭막한 도시의 아이들이 다 그렇듯 예전부터 아이들이 강아지를 키우자고 졸라댔어요. 집이 좁으니까 계속 반대하다가 성화에 못 이겨서 몽이를 입양해 키우기 시작했지요. 그런데 녀석들이 시간이 지날수록 몽이 돌보는 일을 소홀히 하더라고요. 결국 산책시키고 씻기고 밥 주는 모든 일이 제 차지가 되어버렸습니다.

인간과 언어가 통하지는 않지만 동물들은 다 알지요. 몽이는 누가 자기에게 매일 밥을 주는지, 누가 제일 손길을 많이 주는지, 그래서 누가 자신을 가장 아껴주는 사람인지 정확히 알아챘어요. 가족 중에 제가 몽이와 가장 정이 많이 든 것은 당연한 일입니다.

제가 몽이를 돌보는 만큼이나 몽이는 제게 참 커다란 위로가 되었습니다. 우울하고 힘들 때마다 어마어마한 위안을 받았지요. 몽이를 키우기 전에는 상상도 못했던 일이었어요. 몽이는 제게 너무나 소중한 반려가 된 거지요.

몽이를 산책시키러 다니면서 자연스럽게 다른 반려동물에게도 눈길이 갔습니다. 그런데 신기하게도 반려동물과 주인(반려인)이 꼭 닮은 경우가 많았습니다. 서로 주고받는 게 많아서일까요?

용인과 쭌이, 서울 석관동, 2008

몽이와 저도 그렇습니다. 몽이의 나비 날개처럼 예쁘게 펼쳐진 귀 아래 잔털들까지도 저의 흘러내린 잔머리와 꼭 닮았거든요. 안 그래도 오래전 길을 지나가다가 주인과 반려견의 닮은꼴이 너무나 특별하고 신기해 사진으로 남겨둔 일이 있었습니다. 주인도 반려견도 한껏 꾸민 모습이 저절로 시선을 끄는 한 쌍이었지요. 그런 닮은 모습들을 찾아내 사진으로 찍고 싶다는 생각이 자연스럽게 들었습니다. 몽이 덕분에 저의 관심은 지금 우리와 함께 이 세상을 살아가는 다른 수많은 반려동물들에게로 향할 수 있었습니다. 제 세계가 확장된 거지요. 그렇게 반려동물과 사람을 찍는 사진

작업을 시작하게 되었습니다.

처음에는 가까운 지인들부터 시작했습니다. 지인의 지인으로 그렇게 몇 다리를 건너 소개를 받기도 하고, 인터넷 커뮤니티를 두드리기도 했지요. 모델을 구하는 전단지를 만들기도 했어요. 가끔은 길을 가다가 눈길을 잡아끄는 반려동물과 주인을 만나면 용감하게 먼저 다가가 요청을 하기도 했습니다. 그렇게 가능한 모든 통로를 통해 다양한 반려동물과 주인들을 만났습니다. 꼬박 2년, 계절이 두 번씩 바뀌는 동안 약 100쌍의 반려동물과 반려인을 카메라에 담을 수 있었지요. 개와 고양이는 물론 이구아나, 기니피크, 토끼, 거북이까지.

사진을 찍으러 가니 따뜻한 걸 좋아하는 이구아나가 전기밥솥을 꼭 끌어안고 있는 모습에 웃음이 나기도 했습니다. 거북이가 느리다고요? 사진의 구도를 맞추기 위해 거북이를 이쪽에 데려다 놓고 찍으려고 하면 어느 틈에 거북이는 저쪽에 가 있었습니다. 다시 여기로 데려오면 금방 저기로 가고, 거북이는 결코 느리지 않다는 걸 알게 되었지요.

그래요, 사진을 찍는 게 쉽지만은 않았습니다. 강아지들은 상대적으로 나아요. 이름을 부른다거나 “고기! 치즈! 나가자!”라고 외치면 딱 쳐다보지요. 그런데 고양이들은 일단 제가 들어가면 다 도망갔어요. 숨는 거지요. 강아지처럼 애교가 많고 부르면 달려오

정현과 초록이와 뽈뽈이, 서울 하월곡동, 2015

제인과 호두, 서울 목동, 2015

는 고양이, 일명 '개냥이'들도 있지만 대부분은 안 나왔어요. 고양이를 편안하게 해주는 음악까지 검색해서 그걸 틀면 가끔 고양이가 나오기도 했는데, 어떤 것도 소용없는 경우도 많았어요. 끝까지 안 나오는 애들은 어쩔 수 없이 그냥 붙잡고 찍었지요.

백 마리의 동물들에겐 저마다 백 개의 이야기가 있다

제가 찍은 반려동물 중에는 유기견이나 유기묘가 많았습니다. 갈색 푸들 초코는 평소에는 온순하지만 낯선 남자를 보면 사나워졌어요. 초코가 지금의 주인을 만나기 전 여러 차례 남자 주인들로부터 학대를 받았기 때문이지요. 그림 속에서 튀어나온 것처럼 우아한 화이트테리어 또봄이를 만났을 때도 의외로 두 번이나 파양되었다가 현재의 주인을 만났다는 사실에 놀라기도 했습니다. 하이파이브를 잘하는 씩씩한 두부도 사실은 보호소에서 안락사를 시키기 하루 전에 극적으로 입양된 강아지입니다.

혹시 유기견만 모아놓은 사진을 본 적 있나요? 그 강아지들의 표정은 불행한 사람의 표정과 정말 흡사합니다. 고통이 사람과 동물을 닮게 만드는 것이지요. 그런데 작업을 하면서 보니 주인이 밝은 성격이면 반려동물도 그랬습니다. 딸이 우울해하는 어머니를 위해 입양했지만 지금은 루게릭병에 걸린 아버지에게 더 의지가 되고 있던 진돌이, 할아버지의 힘든 암 투병을 든든히 지켜주고 함께하는 오키, 시각장애인 주인과 24시간 함께하며 그들의 눈이 되어주는 풍요처럼, 제가 만난 모두가 반려동물과 주인이 얼마나 깊이 이어져 있는지를 보여주고 있었지요. 사랑하는 동물과 함께 있는 이들의 표정은 충만했습니다.

지방에서 서울로 올라와 꼬불꼬불 언덕길 다세대주택의 방 하나를 얻어 다른 이들과 부엌과 거실을 나눠 쓰는 이들도 반려동물을 키웠습니다. 좁고 낡은 보금자리지만 남산타워가 보이는 전망 좋은 옥상은 강아지의 훌륭한 놀이터가 되어주었지요. 그 사진을 찍고 내려오는 길에 우연히 마주친 용산동 할머니와 갑돌이는 오래오래 살아온 모양 좋은 집 담 너머로 저와 눈을 마주쳐주었습니다. 갑돌이는 원래 누가 불러도 절대 사람 눈을 안 본다는 아이였는데 그날 그 순간을 남기고 싶었던 모양입니다.

찡코와 베리를 찍으러 찾아간 집은 마당에 소담한 텃밭이 있었고 계단 위로 장독대가 놓여 있었습니다. 노란 해바라기가 크게 꽃을 피웠는데 뒤로 보이는 건물도 처마도 노란색, 우연히 입고 나온 옷도 노란색이었지요. 널어놓은 빨간 고추와 오래된 빨간 고무 대야까지, 우연이 색을 짜 맞춰준 풍경 속에 사람과 동물이 똑같은 표정으로 행복하게 웃고 있었습니다.

이태원 경리단길의 카페 한 자리에도 사람과 동물이 함께 있는 풍경이 존재했습니다. 한창 뜨고 있는 핫플레이스에 꽃무늬 옷

가영과 초코, 서울 상암동, 2014

화선과 또봄이, 경기도 판교, 2015

로버트와 두부, 서울 한남동, 2014

숙희와 진서 부부와 진돌이,
경기도 양평, 2015

경식과 풍요, 인천, 2015

재홍과 봉순 부부와 오키, 서울 서초동, 2015

길수와 철수, 서울 해방촌, 2014

용산동 할머니와 갑돌이, 서울 용산동, 2014

수현과 찡꼬와 베리, 경기도 지축동, 2014

최계순 할머니와 콜라, 서울 이태원동, 2014

세연과 65마리 개들, 개떼월드, 한국 유기견 사랑 연합회, 경기도 화성, 2015

을 입은 할머니와 엎드린 강아지라는 엉뚱한 조합이었지요. 할머니는 코카와 콜라라는 두 마리의 개를 길렀는데, 코카가 먼저 죽고 혼자 남은 콜라가 우울하게 지낸다고 했습니다. 할머니와 콜라는 항상 그 카페에 나와 사람들과 어울렸어요. 어울리지 않는 것처럼 보이는 풍경이 사실은 마음을 나누는 풍경이었던 것이지요.

유난히 기억에 남는 촬영은 세연 씨와 65마리의 반려견들을 찍었을 때입니다. 강아지를 한 마리씩 입양하다 보니 65마리 모두와 깊은 정이 든 경우였지요. 주변에서 누가 한 마리 달라고 해도 꿈쩍도 안 할 만큼 애정이 각별했습니다. 세연 씨는 도시에서 이

선규네 가족과 코코와 건달이. 서울 삼성동, 2014

많은 아이들을 키우기 힘들어지자 아예 지방에 강아지들과 함께 살 공간을 마련했습니다. 애정이 얼마나 깊은지, 촬영을 하는데 그 자리에 딱 한 마리만 없어도 금방 알아차렸지요. 강아지들도 신기한 게 그 많은 아이들 중에서도 자기 이름을 부르면 알아듣고 딱 쳐다봤어요. 마음을 쏟으니까 강아지들도 알아보는 거지요.

저를 가장 애먹였던 가족은 일곱 식구와 코코, 건달이 두 마리의 강아지들과 함께 사는 선규네 가족이었습니다. 통제하기 어려운 다섯 명의 아이들과 두 마리의 개를 한 프레임 안에 담는 것 자체가 거의 '미션 임파서블'이었지요. 사진을 찍다가 형제끼리 다

이제 그만 찍을게요-
엇?
지금이다!

투고 울더니 급기야 아이들이 졸음에 겨워하는 상황까지 벌어지고 말았습니다. 그런데 지친 제가 "이제 그만 찍을게요." 하는 순간 거짓말처럼 포토제닉한 모습이 나왔습니다. 바로 안도의 한숨을 내쉬면서 편안해지는 순간이었고 저는 그 순간을 놓치지 않고 포착했지요.

공간을 담다

제가 반려동물과 반려인들의 사진을 촬영하면서 가장 중요하게 생각한 것은 '공간'이었습니다. 반려동물과 그 주인을 찍는 데 그치지 않고 그들이 사는 공간도 함께 담으려 했지요. 이런 방식은 제가 예전부터 계속 고수해오던 것입니다. 그 사람이 어떤 공간에 사는지, 그 공간을 어떻게 꾸미고 사는지가 그 사람을 다 나타내 주잖아요? 우리가 누군가의 집에 갔을 때 그 사람의 책장을 보면 그 사람을 알 수 있어요. 어떻게 집을 꾸며놓았는지, 어떤 물건이 공간을 채우고 있는지가 그 사람의 성격, 나아가 직업까지 드러내요. 어떤 옷을 입고, 어떻게 메이크업을 하느냐에 따라 자기 정체성이 드러나는 것처럼 말이지요. 저는 실제 그들이 사는 공간에서 반려동물과 사람을 찍음으로써 그걸 자연스럽게 드러내고 싶었습니다. 서로의 교감처럼 눈에 보이지 않는 것도 담고 싶었고요. 저는 그렇게 공간과 그 사람의 관계, 그 사람과 반려동물의 관계를 사진 속에 담으려 했습니다.

사실 저 말고도 반려동물을 찍은 사진작가들은 많습니다. 아주 예쁘게 찍은 사진들도 많지요. 그런데 그런 사진들을 잘 보면 대개 스튜디오에서, 배경이 없는 곳에서 촬영했어요. 저는 일부터 그들의 집, 그들의 일터처럼 그들이 생활하는 공간을 담았어요. 집이나 일터를 공개하고 싶어하지 않거나 강아지가 너무 많이 짖어 촬영이 어려운 경우에는 자주 가는 공원이나 집 바로 뒤의 산책로처럼 연관된 공간에서 촬영했지요. 자신들이 익숙한 공간에서 촬영이 이루어지면 동물과 사람 모두 편안하고 자연스러워집니다.

제 사진을 보는 이들의 시선이 오래 머무는 곳도 '공간'입니다. 사실 남의 집 구경은 엄청 재미있는 일입니다. 가구, 가전제품, 커튼, 쿠션, 액자… 그 모든 곳에 그곳에 사는 사람의 취향과 시대의 유행까지 담겨 있으니까요. 누군가 살고 일하는 공간을 보면 이 사람은 뭐 하는 사람일까 궁금해지고 막 상상하게 되지요.

낯선 이방인이자 사진작가인 저에게 어떻게 그렇게 거리낌 없이 자신의 가장 사적인 공간인 집을 흔쾌히 개방했는지 궁금하지 않나요? 반려동물을 키우는 사람들끼리는 유독 쉽게 친해지는 경향이 있습니다. 요즘은 동네마다 소형견끼리, 대형견끼리 SNS 단체 채팅방을 만들어서 같이 산책하고 어울려서 놀기도 해요. 반려동물을 키운다는 이유 하나만으로 만나서 함께 여행도 가고, 애견 카페도 다니고, 서로의 집을 왕래하기도 하지요. 반려동물이 사람 사이를 훨씬 가깝게 이어주는 거예요.

저는 지금도 동물과 함께 지내는 오늘날 도시의 사람들 모습을 사진에 담고 있습니다. 사람과 반려동물이 공존하는 모습을 날것 그대로 담으려고 해요. 익숙한 생활공간에서 충분한 시간을 갖고 반려동물과 반려인의 자연스러운 자세와 표정을 포착하다 보면, 신기하게도 그들 또한 몽이와 저처럼 서로 닮았음을 언제나 새롭게 느끼지요.

포리는 시각장애인과 함께 사는 강아지였어요. 다른 개들처럼 천방지축으로 뛰거나 짖는 대신 조용히 주인을 살피는 모습에 서로의 유대감을 강하게 느낄 수 있었지요. 그런데 사진을 찍으며 보니 포리의 눈이 주인의 눈처럼 살짝 기울어져 있었습니다. 마치 한없이 엄마만 바라보다 저도 모르게 엄마의 표정을 따라 하는 어린아이처럼 말이에요.

반려견과 함께 요가를 하는 이들도 있었습니다. 강아지를 마사지하기도 하고 함께 요가 동작을 하며 호흡을 맞추죠. 버려지고 상처 입은 유기견들에겐 마음을 치유하는 시간이기도 합니다. 그런데 그렇게 서로 몸을 맞대고 있는 모습을 보면 팔다리가 서로를 닮아 쭉 뻗어 있지요. 함께 사는 사람과 동물은 이렇게 서로의 기쁨과 슬픔, 몸과 마음을 모조리 함께 나누며 표정, 분위기 혹은 그

안나와 나나와 쿠쿠, 서울 이태원동, 2015

연경과 포리, 서울 신교동, 2015

무엇이 되었건 서로를 닮아갑니다.

여러분도 사진을 찬찬히 들여다보세요. 저 동물은 어떻게 저 사람을 만나게 되었을까, 둘이 언제부터 함께 살았을까, 어떻게 사랑할까, 서로에게 어떤 변화를 가져왔을까 호기심이 모락모락 피어날 거예요. 사진 속에 그 이야기가 모두 담겨 있기 때문이지요.

사진을 들여다보면 알 수 있습니다. 동네가 달라지면 공간의 느낌도 달라지고, 가족이 사는 공간과 혼자 사는 공간의 모습이 다르다는 것을요. 비슷한 구조의 아파트, 비슷한 거실에 비슷한 소파를 보면 사람들의 집이 많이 닮아 있는 것 같습니다. 개성 넘치게 꾸민 공간들을 보면 또 자유롭게 사는 사람들도 많은 것 같지요. 우리는 이렇게 사진 속에서 나와 세상을 이어주는 많은 것들을 발견할 수 있습니다. 그리고 그 모든 공간 속에 반려동물과 우리가 있습니다.

렌티(1979)

폭스(1979)

푸글이(1994)

신기하게도 반려동물과 주인이 꼭 닮은 경우가 많았습니다.
서로 주고받는 게 많아서일까요? 몽이와 저도 그렇습니다.
몽이의 나비 날개처럼 예쁘게 펼쳐진 귀 아래 잔털들까지도
저의 흘러내린 잔머리와 꼭 닮았거든요.

몽이(2016)

정미와 몽이, 서울, 2015

짧지만 긴 이야기를 담은 그림책

노석미, 『냐옹이』

작은 호랑이처럼 보이는 고등어 줄무늬의 길고양이가 있습니다. 사람들은 이름 없는 줄무늬 길고양이를 싫어합니다. 고양이도 그런 사람들이 싫습니다. 고양이가 싫어하는 것은 사람만이 아닙니다. 뭐가 그리 즐거운지 매일 짹짹거리며 수다 떠는 새도 싫고, 자존심도 없이 헥헥거리며 꼬리를 흔들어대는 방정맞은 개도 싫고, 낮잠을 방해하는 시끄러운 소년들도 싫습니다. 아, 비 오는 건 더 싫어합니다. 모든 게 싫은 고양이는 세상과 담을 쌓은 채 조용히 혼자 지내죠. 그런데 어느 비 오는 날 이상한 일이 생깁니다. 안경을 쓴 어떤 소년이 나타나 '냐옹이'라고 부르더니 자기가 쓰던 우산을 씌워주고 간 거죠. 고양이는 깜짝 놀랍니다. 이런 느낌 처음이거든요.

『냐옹이』 | 글·그림 노석미 | 시공주니어 | 2008

여기까지 오면 고양이가 왜 그렇게 싫어하는 게 많은지 대충 짐작이 되고도 남습니다. 자신을 싫어하는 세상에 대한 소심한 복수였던 거죠. '내가 싫어? 그럼 나도 너 싫어할래.' 같은. 그런 고양이를 바꿔놓은 것은 소년의 다정한 말 한마디였습니다. '냐옹이'라는 이름과 함께 건넨 다정하고 상냥한 말 한마디가 고양이의 닫힌 마음을 활짝 열게 한 거죠. 『냐옹이』는 사람들에게 푸대접 받던 길고양이가 따듯한 마음으로 다가온 한 소년을 통해 마음의 문을 열고 세상으로 한 발짝 나아가는 이야기를 담고 있습니다. 그 고양이는 어떻게 되었을까요? 저는 책 표지에 이미 답이 있는 것 같습니다. 개나리처럼 노란 색의 표지와 가볍게 날아다니는 새들이 이 상처 많은 고양이에게도 '봄'이 왔다는 것을 알려주네요.

그러니까 가족입니다

신현이, 『아름다운 것은 자꾸 생각나』

: **황효진** : 콘텐츠 기획자

엔터테인먼트를 주로 다루는 웹매거진에서 기자로 일했지만, 전화 취재를 할 때마다 긴장하는 탓에 '이건 내 길이 아닌가' 생각하다 그만두었다. 지금은 글을 쓰고, 사람들이 모이는 프로그램을 만들고, 훌륭한 여성들을 무대에 세우고, 팟캐스트를 진행한다. 에세이 『아무튼, 잡지』를 혼자 썼고 인터뷰집 『일하는 여자들』을 동료들과 함께 썼다.

No.4

그러니까 가족입니다

고양이 화장실을 두고 이럴 일?

“화장실 입구가 방을 향하게 두 개를 나란히 놓는 건 어떨까? 그게 볼 때 제일 깔끔하잖아.”

“아니, 그러면 모래가 방으로 흩어지는 걸 전혀 막을 수 없잖아. 그냥 두 개를 마주 보게 두고 모래가 흘러나와도 그사이에 가둬지게끔 하는 건 어때?”

“지금 화장실을 둔 곳에 그 정도의 사이 공간이 안 나와. 마주 보게 해놓으면 화장실 입구가 맞붙는다고. 그럼 화장실 입구가 책상 쪽을 향하게 두는 건?”

"그러면 오히려 반대로, 화장실을 책상 쪽으로 붙이고 화장실 입구가 반대쪽 벽을 향하게 해보자."

"음, 그건… 방 균형이 뭔가 깨져 보일 것 같아."

"하긴 그렇게 놓으면 로봇청소기가 모래를 빨아들이기 어려운 구조긴 하겠다."

"그럼 우선 화장실을 벽 쪽에 붙이고, 입구가 책상을 향하게 둬서 사용한 다음 불편하면 다시 논의해서 바꿔보자."

사람 화장실에 관한 이야기가 아닙니다. 엄청난 규모의 공사가 필요한 인테리어를 이야기한 것도 아니에요. 저는 결혼으로 맺어진 가족 한 명, 그리고 반려묘 두 마리와 함께 살고 있습니다. 얼마 전 저는 고양이들의 화장실을 어디에, 어떻게 둘 것인가로 남편과 한참 말씨름을 했습니다. 이사 온 집의 구조상 화장실을 베란다가 아닌 작은 방에 둘 수밖에 없는데 위치가 마땅치 않았기 때문이죠.

이미 아는 분들도 있겠지만 좀 더 자세히 설명하자면, 고양이들은 고양이 화장실용 모래가 담긴 작은 화장실을 이용합니다. 한 마리당 한 개 혹은 한 개 이상의 화장실을 쓰기 때문에 이것을 어디에 놓을 것인가는 고양이 반려인들에게 아주 중요한 문제예요. 우선 화장실이 들어갈 만큼 꽤 넉넉한 공간이 확보되어야 하고,

고양이들이 볼일을 보고 나올 때마다 사방으로 튀는 모래의 양은 최소화할 수 있어야 합니다. 모래가 방바닥으로 튀어나오는 건 하루에 두 번 돌리는 로봇청소기가 해결해줄 테니(사실 로봇청소기도 고양이들 때문에 샀어요.) 보기에 깔끔한 게 중요하다는 저의 의견과 모래가 방바닥으로 튀어나오는 걸 원천적으로 최대한 차단하는 게 더 중요하다는 남편의 의견이 갈린 건 그 때문이었지요. 결국 저의 의견대로 고양이 화장실을 배치하게 됐지만, 이 대화를 나누면서 각자 다른 두 사람과 고양이 두 마리가 함께 살아간다는 게 얼마나 쉽지 않은 일인지 새삼 실감했습니다.

보통이와 보리, 그리고 사람 둘의 동거

저희와 동거하고 있는 고양이들의 이름은 보통이와 보리입니다. 보통이는 일곱 살짜리 고양이로, '보통'이라는 이름은 제가 좋아했던 드라마 속 여성 주인공에게서 따왔어요. 보통이는 까만 털과 흰색 털이 잘 어우러진, 소위 말하는 '턱시도' 고양이입니다. 체중이 1킬로그램도 채 나가지 않을 만큼 작고 어리고 말랐을 때, 어떤 분이 하수도에서 구조해 임시 보호하고 있던 것을 데리고 왔습니다. 코 주변에는 까만 무늬가 번져 있어 어떻게 보면 짜장 소스가 묻은 것 같기도 하고, 또 다르게 보면 멋진 콧수염이 난 것 같기도 합니다. 고양이들은 보통 눈을 동그랗게 뜬다고 하지만, 보통이가 무언가를 골똘히 바라볼 때는 오히려 위쪽이 일자인 반원에 가까운 모양으로 눈을 뜹니다. 그래서 종종 시니컬해 보이지만, 바로 그 점 때문에 아주 귀엽지요.

둘째 고양이 보리는 올해 여섯 살입니다. 보통이와 함께 살게 된 지 꼭 1년 후에, 역시 누군가가 임시 보호하고 있던 것을 데리고 왔습니다. 보리는 흰색과 까만색, 갈색 털이 뒤섞여 있고 코 라인을 따라 까만 털이 장식되어 있으며, 아주 통통하고 단단한 몸을 가진 고양이입니다.('통통하고 단단한'은 같이 사용할 수 없는 형용사 같지만, 보리의 몸을 묘사하기에는 무척 적절한 표현이에요.) 보리는 작은 일에도 잘 놀라는 편이라 눈이 자주 동그래집니다. 다른 한편으로는, 보일러를 세게 틀거나 햇볕이 집 안으로 들어오면 가장 따뜻한 자리를 빠르게 찾아 제일 먼저 뒹굴거리는 의외의 민첩함을 지닌 고양이이기도 합니다.

사실 사람이든 고양이든, 나 외에 다른 생명체와 같은 공간에서 지내는 것은 나의 세계를 변화시키는 일이라고 생각합니다. 생활 패턴을 바꿔야 하는 부분이 반드시 생기거든요. 결혼 전 저 혼자 보통이, 보리와 살 때도, 한창 자랄 나이였던 고양이들이 밤마다 저의 온몸을 디딤돌 삼아 방 안을 힘껏 뛰어다니고는 해서 거의 단 하루도 숙면을 취하지 못했어요. 제가 잠에서 깰 시간이 되지 않았음에도 밥을 달라고 귓가에서 야옹거리거나, 앞발로 이불을 열심히 파며 이불 속에 들어오겠다는 의사 표시를 하는 통에 기상 시간도 저의 의지와는 상관없이 그때그때 바뀌었습니다. 짙은 색 옷에는 늘 고양이 털이 붙어 있어, 급하게 외출한 날이면 반드시 누군가로부터 "고양이 키우시나 봐요?"라는 질문을 들어야 했고요. 그래서 종종 '고양이들과 함께 살기로 결정한 게 서로에게 옳은 일이었을까?' 고민하기는 했지만, 고양이들 덕분에 즐겁고 행복한 순간들도 많았기에 그다지 심각한 문제라고 느끼지는 않았습니다.

하지만 지금은 저, 저와 전혀 다른 생활 패턴을 가지고 있는 고양이 둘에 우리 셋과도 전혀 다른 성향을 가진 남편까지 더해진 상태죠. 그건 서로 다른 인간과 인간, 혹은 인간과 고양이, 또는 고양이와 고양이 사이에서 끊임없는 조율이 필요하다는 뜻이기도 합니다. 안 지는 오래되었지만 같은 공간에서 생활한 지는 오래되지 않아 아직 삶의 파트너로서 상대방에게 적응하는 과정에 있는 저와 남편은, 고양이들과 맞춰가며 살아가는 방법까지 새롭게 배워야 합니다. 그리고 이 과정에는 필수적으로 상당히 높은 수준의 스트레스가 동반되지요.

남편은 저만큼 고양이들을 좋아하고 고양이들과 잘 놀아주기도 하지만, 선천적으로 털 알레르기가 아주 심합니다. 보이지 않는

아주 가느다란 털이 뭉쳐서 집안 곳곳을 날아다니니 수시로 재채기를 하거나 눈물과 콧물을 줄줄 흘려요. 고양이 화장실에서 모래가 튀어나오거나 모래 먼지가 날리는 것에 특히 예민한 성격이라 스트레스를 저보다 배로 받기도 하고요. 화장실에서 고양이 소변과 대변이 뭉친 모래를 걸러내고, 버리고, 새 모래를 부어주고, 청소기로 바닥에 튄 모래를 치우고 돌아서면 화장실이 깨끗해졌다는 사실에 신난 고양이들이 화장실을 점검할 겸 용변을 보고 나오며 다시 방바닥에 모래를 흘리기 때문입니다. 청소기를 돌려도 돌려도 방바닥에는 늘 모래가 자박자박 밟히거든요.

남편과 제가 분담해야 하는 집안일에 고양이와 관련된 모든 일이 추가로 더해진다는 부담도 생겼죠. 고양이 화장실 청소하기, 모래와 사료가 얼마나 남아 있는지 체크하고 없으면 주문하기, 아침마다 물과 사료를 새것으로 채워주기, 고양이 털이 붙어 있는 곳곳을 수시로 롤러로 밀어주기, 고양이들 발톱 깎아주기, 목욕시키기…. 뿐만 아니라 각자의 일을 하고 집으로 돌아와 아무리 피곤해도 엉덩이 두드려주는 걸 좋아하는 고양이들의 엉덩이를 정성스레 두드려주고, 여기저기 만져주고, 장난감으로 놀아주기도 해야 합니다. 두 사람 이상이 함께 살아갈 때(부모와 자녀 관계라고 할지라도!) 이런 일들을 어떻게 나누어 처리할지 정해두지 않으면, 한 사람이 영원히 모든 일을 해결하는 부담을 지게 되고 그러다 결국 다툼으로 번질 수도 있어요.

고양이와 함께 살기 위해 양보해야 할 것들

고양이는 인간의 삶에 예상치 못한 큰 제약을 걸기도 합니다. 몇 달 전, 남편과 저는 급하게 이사 갈 집을 찾고 있었습니다. 열심히 찾다 보니 우리가 예전과는 다른 조건 하나를 더 고려하며 집을 보고 있다는 사실을 깨닫게 되었어요. 그 조건은 '고양이와 함께 살기에 적합한가?'였지요. 우리가 가지고 있는 예산에 맞는지, 교통은 어떤지 등과 더불어 고양이들에게 내어줄 공간이 넉넉한지, 고양이 화장실을 놓는다면 어디에 어떻게 놓을 수 있을지까지 함께 상상해봐야 했습니다.

그러던 중 아주 좋은 집을 발견했어요. 가격도 적당하고, 위치도 괜찮고, 현관문을 열면 거실로 햇볕이 쏟아져 들어오는, 방 크기와 개수 모두 넉넉한 아주 안락한 집이었습니다. 고양이들과 함께 지내기에도 손색이 없어 보였어요. "너무 마음에 들어요. 그런데 저희가 고양이를 키우고 있거든요. 괜찮겠죠?" 들뜬 우리가 묻자마자 부동산에서 나온 분은 안타깝다는 듯한 목소리로 대답했습니다. "아, 여기 주인분이 반려동물은 절대 안 된다고 하셔서요. 저번에 다른 분도 계약 직전에 거절당했거든요."

"저희 고양이들은 (가끔 우다다다 뛰어다닐 때는 있지만 대체로) 조용하고, (아주 가끔 벽지를 긁기는 해도 대체로) 집을 망가뜨리지 않고, (솔직히 털이 좀 많이 날리긴 하지만) 깨끗한데요!"라고 항변하고 싶었지만 아무 변명도 하지 못하고 돌아서야 했습니다. 실은, 지금 이사 온 집에도 이런 조건으로 겨우 들어올 수 있었어요. "이사 나가실 때 망가진 부분이 있으면 반드시 원상 복구해주시고, 털이 많은 부분이 있으면 다 치워주세요."

몸이 털로 덮여 있고, 발톱이 조금 자라면 어딘가에 긁고 싶어하고, 한 번씩 넓은 공간에서 힘차게 뛰어줘야 하고, 모래에 용변을 보는 동물. 인간과는 전혀 다른 습성과 행동 양식을 가진 존재들과 살기로 결정한 이상, 이런 문제들은 사람이 껴안고 가거나 해결하는 수밖에 없지요. 가끔은 '다른 존재와 함께 살아가는 게 이렇게 지난한 일이라고 왜 아무도 이야기해주지 않았을까?' 하는 생각이 들기도 해요. 아무리 혈연으로 맺어진 가족이라고 해도 자녀가 자라면 부모와 함께 살아가는 것이 어려워지고(조금 더 자고 싶은데 일찍 일어난 부모님이 소리를 내며 활동하시는 탓에 약간의 짜증과 함께 잠에서 깨어본 적, 다들 있지 않나요?), 아무리 사랑하는 파트너라 해도 생활공동체가 되면 나와 맞지 않는 부분들을 자꾸만 발견하게 되고, 고양이와 같은 반려동물과 동거하게 되면 기쁨뿐만 아니라 슬픔과 가끔의 짜증과 귀찮음 또한 모두 감수해야 한다고 말입니다.

그리고 당연히, 인간이 모두 다른 것처럼 고양이들도 모두 성격과 습관이 다릅니다. 고양이가 고양이이기 때문에 겪는 일들에, 저와 함께 사는 고양이가 보통이와 보리이기 때문에 겪는 일들도 있어요. 보통이는 사람을 너무나 좋아해서 저나 남편이 현관문을 열고 들어오면 가장 먼저 뛰쳐나와 바닥에서 배를 보이며 구릅니다. 졸다가도 눈을 꿈뻑거리며 뛰어나와요. 제가 샤워를 하고 욕실에서 나오면 문 앞에 얌전히 엎드려 기다리고 있다가 애옹거리며 일어나거나, 졸졸 쫓아다니며 만져달라고 울기도 합니다.

이렇게 사람을 좋아하고 어리광부리는 성격이다 보니 취침 시간이면 늘 침실에 들어와서 함께 자고 싶어하지만, 남편의 알레르기와 수면의 질 문제 때문에 잘 시간이 다가오면 침실 문을 닫고 보통이를 밖으로 내보냅니다. 졸지에 쫓겨난 보통이는 문 앞에서 얼마간 처량한 목소리로 울고, 그러면 그게 가여워 다시 침실 문을 열어주고, 뛰어 들어온 보통이의 털 때문에 남편은 눈이 빨개지도록 재채기를 하고… 이런 밤들이 반복됩니다.

반면, 보리는 사람에게 큰 관심을 갖지 않아요. 가끔 엉덩이나 두들겨달라는 듯 엉덩이를 들이댈 뿐 관심을 갈구하거나 저희를 쫓아다니지는 않습니다. 그러나 종종 침실에 입장할 때면, 영역 표시라도 하는 듯 침대에 소변을 보고는 하지요. 처음에는 '화장실이 더러워서 불만을 표시하는 건가?' 싶었지만 화장실을 깨끗이 치우고 난 뒤에도 그러는 걸 보면 반드시 위생 문제만은 아닌 것 같습니다. 나름의 이유가 있겠지만 아마 눈치 없는 인간인 저희가 그 이유를 아직 발견하지 못한 거겠죠.

아, 저희를 곤란하게 만드는 보리의 습관 하나가 더 있습니다. 벽 모서리를 앞발톱으로 긁는 것이에요. 보리는 몸을 세로로 길게 쭉 늘인 다음 똑바로 서서 모서리를 앞발 사이에 단단히 끼고 벽을 팍팍 긁고는 합니다. 한동안은 스크래처를 다양하게 줘도 별 소용이 없었어요. 스크래처는 스크래처고, 벽은 벽인 것이죠. 이해가 안 가는 건 아니에요. 제가 봐도 벽 모서리를 긁는 게 훨씬 더 시원할 것 같긴 하거든요.

아무튼, 결혼 전 제가 친구와 함께 살았던 월셋집에서도 집 안의 모든 모서리를 그렇게 긁어놓는 바람에 벽지가 너덜너덜해져 이사를 나오며 도배 비용을 일부 물어줘야 했습니다. 지금 집에서는 캣폴(고양이들이 올라갈 수 있게 설치하는 큰 기둥)과 골판지 스크래처를 이용해 잘 버티고 있지만 언제 또 벽 모서리를 긁어서 벽지를 찢어놓을지는 알 수 없습니다. 거기가 보리 마음에 든다는데 제가 어떻게 할 도리는 없겠죠. 그것이 보리의 취향이라면, 말도

박 박

통하지 않고 그 취향을 이해하지도 못하는 제가 보리를 설득할 수는 없는 일입니다. 이 밖에도 먹고 남은 음식을 아무 데나 놓지 않는다거나, 프라이팬을 깨끗이 닦아놓는다거나, 냉장고 위에 올라가지 않도록 막아둔다거나 하는 자잘한 부분들에 늘 신경을 곤두세우고 있습니다.

그러니까 가족입니다

고양이들과 함께 살아가며 저와 남편은 우리 둘 역시 너무나도 다른 사람이라는 사실을 생생하게 느끼고는 합니다. 보통이와 보리처럼 자라온 환경도 취향도 행동 양식도 다르고, 어떤 상황이 벌어졌을 때 대처하는 방식도 전혀 다르죠. 고양이 화장실을 어디에 어떻게 놓을 것인가만 가지고도 의견이 갈렸던 것처럼 말이에요.

물건을 정리하는 방법이나 청소에 대한 감각과 방식도 달라요. 저는 빨래를 조금씩 자주 하는 걸 좋아하고 남편은 몰아서 한꺼번에 하는 걸 좋아하는 편입니다. 제가 아침 식사를 적게라도 꼭 챙겨 먹는 게 중요하다고 생각하는 데 비해 남편은 아침 식사쯤 건너뛰어도 괜찮다고 생각하는 타입이고요. 고양이들이 냉장고 위에 자꾸만 올라가서 그 위에 털이 쌓인다면, 남편은 냉장고 위를 박스로라도 최대한 막고 싶어하고 저는 올라간다면 어쩔 수 없고 털은 치우면 된다고 생각하는, 약간 안일하고 대책 없는 타입입니다.

실제로 냉장고 위에 박스를 올리면 보기 싫고 답답하다는 저와 그래도 막아야 한다는 남편의 의견이 갈려 또 한바탕 말씨름을 한 적이 있어요. 그럴 때마다 우리는 긴 이야기를 나누고 때로는 싸우기도 하면서 어떻게든 함께 문제를 해결해나가고 있습니다. 고양이들 덕분에 풀어야 할 숙제도 스트레스도 서로의 다른 부분을 확인하는 순간들도 많아졌지만, 서로 다른 존재가 살아갈 때 벌어지는 일들을 어떻게 해결할지에 관한 방법을 배우는 과정이라고 생각하면 나쁘지 않은 것 같아요.

하지만 이것도 결국 사람 입장에서의 결론일 뿐이겠지요. 고양이들은 정작 우리와 함께 사는 일에 대해 어떻게 생각하고 느끼는지 알 수 없으니까요. 아마 우리에게 그렇듯 보통이와 보리에게도 쉽지만은 않을 거라고 짐작할 뿐입니다. 남편과 저는 서로를 '선택'했음에도 매번 다른 점을 확인하고, 고양이들 역시 우리가 '선택'해 동거하게 되었지만 고양이들은 그렇지 않으니까요.

생각해보면 고양이들은 단 한 번도 우리를 선택한 적이 없습니다. 길에서 우연히 다가온 고양이와 함께 지내게 된 사람들을 보고 농담 삼아 '고양이에게 간택당했다.'는 말을 하고는 하지만 그 역시 인간의 관점일 뿐, 실제로 고양이가 인간과 동거하는 삶을 선택한 것은 아니지요. 우리는 고양이들이 무엇에 불만인지,

어디가 불편한지, 무엇을 바라는지 눈치로 겨우 알아내고 밥과 간식을 챙겨주고 놀아주고 화장실을 치워주는 것 외에는 할 수 있는 일이 없고, 이 정도로도 고양이들이 대체로 불만 없이 살 거라고 추측하기는 하지만 고양이들의 머릿속과 마음속은 아마 영원히 알 수 없을 거예요.

처음 고양이들과 이사를 했을 때, 낯선 공간에 적응하지 못해 일주일 정도 밤새도록 잠을 자지 않고 방을 뱅뱅 돌며 울던 보통이와 보리의 모습을 저는 절대 잊지 못합니다. 잠을 푹 자지 못하는 것은 저에게도 무척 고통스러운 일이었지만, 어떠한 예고도 없이 삶의 공간을 바꾸게 된 고양이들은 당시 얼마나 당황하고 무서웠을까요. 각자 다른 존재 넷이 살아가는 데 끊임없는 조율과 노동과 에너지 소모와 갈등이 필요하다면, 충분히 이해하고 생각하고 고민하고 함께 더 잘 살아갈 수 있도록 노력하는 일은 자신들의 의견을 주장하기 어려운 고양이가 아니라 온전히 인간의 몫일 것입니다.

하지만 내가 사랑하는 고양이는…

얼마 전, 무민 시리즈를 만든 토베 얀손이라는 작가가 쓴 소설 『여름의 책』을 읽다가 재미있는 부분을 발견했어요. '고양이'라는 제목의 파트였습니다. 할머니와 손녀에게 어느 날 고양이 한 마리가 찾아옵니다. 두 사람은 고양이에게 '마 프티트(ma petite)', 줄여서 '마페'라는 이름을 지어줍니다. 조그마하던 마페는 사람의 말을 절대 듣지 않는 고집 센 고양이로 자라납니다. 아무리 편안한 자리로 옮겨줘도 자신이 원하는 자리인 설거지통에서 잠자기를 고집하고, 매일 새를 잡아서 사람들 앞에 전시하고는 하죠. 어린 손녀는 그런 고양이를 이해하지 못해 (혼자) 절교를 선언하고, 마페는 훌쩍 집을 떠나버립니다.

마페가 떠난 후, 할머니와 손녀는 사람의 말을 아주 잘 듣고 얌전하며 어디서든 잠을 잘 자고 주는 대로 먹는 고양이 '스반테'를 데려옵니다.(그런데 실제로 이런 고양이가 있을까요? 적어도 저는 들어본 적이 없어요.) 손녀는 폭풍이 치는 날 스반테와 함께 밖으로 나가고 싶어하지만, 편안함을 사랑하는 이 고양이는 나가서 폭풍을 뚫고 달리거나 사냥을 할 생각이 전혀 없어 보입니다. 약이 바짝 오른 손녀는 외치죠. "마페, 다시 데려와!" 할머니는 말립니다. "그럼 어떻게 되는지 알잖니." 손녀는 다시 대답합니다. "끔찍해지지." 그리고 덧붙여요. "하지만 내가

사랑하는 건 마페야."

인간과 전혀 다른 방식으로 살아가며, 그런 습성을 바꿀 거라 기대할 수도 없는 존재인 고양이들. 늘 여기저기 털을 뿜고 다니고, 깨끗이 치워놓은 방바닥을 화장실 모래로 더럽히고, 들어가지 말라고 막아놓으면 반드시 들어가 보려고 그 앞을 기웃거리는, 대체로 말썽쟁이인 고양이들. 제가 사랑하는 건 어쩔 수 없이, 이런 고양이이고 이런 보통이와 보리예요. 지금까지 그랬듯 앞으로도 풀어야 할 수많은 과제들이 있겠지만, 그리고 두 고양이도 저와 남편도 나이를 먹어감에 따라 그 과제들의 난이도는 점점 더 높아지겠지만, 사랑하는 존재들과 함께 살기 위해서라면 어려움을 피하지 않을 준비 정도는 당연히 해야 하는 것이겠지요.

글을 마무리하려는 지금 이 순간, 보통이가 저의 다리에 발톱을 고정하고 무릎 위로 끙차 올라왔습니다. 아, 약간 아프긴 하지만 괜찮습니다. 고양이가 무릎에 올라오고 싶다면 잘 올라올 수 있게끔, 무릎 위에서 더 편안함을 느끼게끔 해주는 게 인간의 몫일 테니까요.

#보통날의보통이 #짜장소스 #묻은거아님 #무늬임

#낮잠 #고양이 #역시 #소파가칙오

늘 여기저기 털을 뿜고 다니고, 깨끗이 치워놓은 방바닥을 화장실 모래로 더럽히고, 들어가지 말라고 막아놓으면 반드시 들어가 보려고 그 앞을 기웃거리는, 대체로 말썽쟁이인 고양이들. 제가 사랑하는 건 어쩔 수 없이, 이런 고양이이고 이런 보통이와 보리예요.

고양이 털처럼 가볍고 빗방울처럼 작지만 분명히 존재하는 것들에 대하여

신현이,『아름다운 것은 자꾸 생각나』

이 책은 엄밀히 말해, 고양이를 포함한 반려동물이 주인공인 이야기는 아닙니다. 어른들이 보기에는 아주아주 얌전한 두 초등학생 여자아이와 잉어의 아름다움에 푹 빠져버린 선생님의 이야기예요. 그렇지만 한편으로는 고양이가 숨은 주인공이기도 합니다. 책을 읽다 보면 아이들의 발목에 몸을 비비면서 가르릉거린다거나, 사람의 겨드랑이에 머리를 파묻는다거나, 아이들의 등에 올라가서 등을 둥글게 말며 잠에 빠진다거나, 오도독오도독 소리를 내고 고개를 이리저리 흔들며 밥을 먹는다거나, 밥을 먹을 때 장난을 걸면 화낸다거나 하는 식으로 고양이의 행동들이 중간중간 구체적으로 묘사돼요. 작가는 왜 주인공이 아닌 고양이의 행동들을 이토록 자세히 묘사하고 있는 걸까요?

『아름다운 것은 자꾸 생각나』 | 신현이
문학동네 | 2018

저는 이 책을 읽으며 무언가의 아름다움이나 고유한 특징을 알아볼 수 있는 눈은 아무나 가질 수 없다는 것, 그것은 잉어든 고양이든 어린아이들이든, 어떤 생명체건 간에 매우 구체적이고 개별적인 존재로 인식할 때야 비로소 생긴다는 사실을 알게 됐습니다. 그 나름의 성격과 행동 양식과 세계, 그리고 아름다움을 가지고 살아가는 존재라는 걸 이해할 때 말이죠. 고양이의 사소한 행동들을 자세히 묘사한 것도 그 때문 아닐까요? 아름다움은 멀리 있지 않으며, 그걸 알아보는 눈은 대상에 대한 사랑에서 비롯된다는 것을 고양이를 통해 넌지시 알려주고 있는 것이지요.

소년소녀 고양이를 부탁해 5

아무튼, 고양이

고레에다 히로카즈 감독,
〈진짜로 일어날지도 몰라, 기적〉

: 안난초 : 만화가, 일러스트레이터

함께 살고 있는 고양이 '안나'는 책상에 올라와 창문 밖 부산한 새들의 움직임을 보는 것을 좋아한다. 식물을 보는 것, 그리는 것을 좋아하다가 만화가의 길로 들어섰다. 글과 그림을 함께 작업하는 일이 주는 즐거움과 마감의 괴로움이 혼재된 삶을 살고 있다. 『식물생활』『우중산책』『콩의 맛』 등의 만화를 쓰고 그렸다.

No.5

아무튼, 고양이

묘연의 시작

처음으로 고양이를 마주한 때가 언제였는지 정확히 기억할 수는 없지만 작은 고양이를 구조했던 기억은 지금까지도 꽤 선명하게 눈앞에 그려진다. 내가 태어나서 고등학교 2학년 때까지 거주했던 집은 작은 단독주택이었다. 주택이지만 흔히 단독주택이라는 단어를 듣고 떠올릴 법한 대문과 마당을 가진 그런 집은 아니었다. 그냥 단층의 자그마한 건물이라고 하는 게 더 정확할 것이다. 그렇게 단층으로 사용하던 건물을 나중에 2층으로 올리고 그 과정에서 1층 바깥의 화장실과 욕실, 작은 창고 같은 방 위로 장독대가 생겼다.

지금 생각해보면 장독대가 들어선 공간은 꽤 특이한 구조였던 듯싶다. 보통 집과 집 사이에 주어지는 간격 없이 주변 집들과 아주 가까이 붙어 있었는데, 그 집들도 큰 계획 없이 각자의 필요대로 예산대로 동네 목수 혹은 집 장사가 쌓아 올린 건물이었기에 건물들 사이에는 일종의 '틈'이 있었다. 그 틈은 사람이 들어갈 정도로 여유 있는 공간은 아니었지만 도시에서 살아가는 작은 생물들, 이를테면 회색빛의 쥐 혹은 각자의 털빛을 가진 고양이들에게는 사람들의 눈을 피해 자유롭게 이동할 수 있도록 해주는 고마운 통로이자 숨골 같은 곳이었다. 하지만 그 통로가 늘 숨골 역할을 하는 것은 아니었다. 가끔은 잘못 들어갔다가 길이 끊기는 바람에 그대로 생을 마감하는 경우도 있었는데, 우리 집 장독대와 뒷집 벽 사이가 바로 그랬다.

어느 날 장독대에서 놀던 나와 사촌 언니는 그 틈에 빠진 불행한 고양이가 우는 소리를 듣게 됐다. 커다란 장독과 화분 너머 뒷집 벽 사이로 고개를 들이밀자 틈새 아래쪽에 고양이가 보였다. 추측해보건대, 태어난 지 3~4개월은 된 청소년기의 고양이였다. 좁은 벽 위의 담과 지붕 사이를 넘나들다 그만 실수로 발을 헛디뎌 틈새로 빠져버린 모양이었다. '어떡하지? 어떡하지?' 열심히 머리를 굴렸지만 고양이를 구할 방법이 도통 떠오르지 않았다.

직접 내려갈 수 있는 곳도 아니었고 뾰족한 수도 떠오르지 않아 발만 동동 구르고 있는 사이 고양이는 계속 애처롭게 울어댔다. 그때 누군가가(그게 나였는지, 사촌 언니였는지 혹은 오빠였는지는 잘 기억나지 않지만) 하얀 화분 받침을 붉은 노끈으로 묶어 두레박처럼 아래로 내려보내는 방법을 떠올려냈다. 기발한 아이디어에 환호성을 지른 것도 잠시. 나는 '과연 고양이가 우리 마음을 알고 화분 받침에 얌전히 올라타 줄까?', '놀라서 구석으로 가버리면 어떡하지?'라는 생각에 화분 받침을 작은 틈 사이로 내려보내는 내내 마음이 조마조마했다. '제발 도망가지 마. 이건 너를 구할 엘리베이터라고!'

마침내 검은 바닥에 하얀 화분 받침이 닿았다. 그런데 나의 불안한 마음을 진정시키려는 듯 놀랍게도 고양이는 바닥에 닿은 화분 받침 위로 덥석 올라탔다. 그리고는 우리가 빨간 끈을 조심스럽게 올리는 내내 미동도 하지 않고 가만히 기다렸다. 마치 자신을 구하는 방법이라는 것을 이해하고 있다는 듯이 화분 받침 위에 조각상처럼 앉아 있던 고양이는 자유의 몸이 되자마자 어디론가 쌩하고 달려갔다.(어쩌면 걸어갔는지도.) 이게 나와 고양이의 첫 번째 만남, 그러니까 묘연의 시작이었다. 그리 길지 않은 시간이었지만 말이 통하지 않는 동물과도 소통할 수 있다는 걸 알게 된 유년기의 경험은 지금까지도 무척 놀라운 순간으로 각인되어 있다.

그날의 기억 때문이었을까. 대학 생활을 시작하며 고양이라는 생물이 눈에 조금씩 들어오기 시작했다. 고양이를 무척 좋아하는 A 언니가 기회만 생기면 고양이를 주제로 과제를 완성하는 것을 옆에서 지켜보며 신기했다. 그래 봐야 '저렇게 고양이를 좋아하는 사람이 있구나', '고양이가 그렇게 좋을까?' 같은 짧은 감상 정도였지만 A 언니가 유기묘를 입양하고, 그 집에 놀러가 고양이를 가까이에서 접할 기회가 늘어나면서 고양이에 대한 관심도 자연스레 커졌다.

나는 고양이 털이 정말 많이 빠진다는 걸 그때 처음 알았다. A 언니의 집에 가면 사방팔방 고양이 털이 붙어 있고 여기저기 뭉치가 되어 제멋대로 굴러다니고 있었다. 또 강아지가 핥을 때 느껴지는 부드럽고 축축한 혀와는 달리 고양이 혀의 감촉은 작은 가시가 돋친 듯 까슬까슬하다는 것도 처음 알았다. 모래 위에 볼일을 보는 뜻밖의 습관 덕에 화장실 앞은 늘 모래알이 굴러다니고 있었고, 날카로운 발톱을 스크래처에 득득 긁는 소리에 놀라기도 했다. 기분이 좋으면 그릉그릉 생경한 소리를 내며 어슬렁어슬렁 돌아다니고, 네발짐승인데 높은 곳을 잘도 올라가는 신기한 생물. 집에 사는 작은 호랑이. 익숙했던 강아지와는 많이 달랐다. 어떻게 친해져야 할지 방법은 몰랐지만 이상하게 보면 볼수록 조금씩 빠져들었다.

그러던 어느 날, 동기 중 누군가가 전공실에 작은 고양이를 데리고 왔다. 키울 사람을 찾기에 아무 준비 없이 "내가 키울래." 하고 집으로 데리고 갔다. 하지만 막상 작은 고양이가 내 방 책상 밑에 들어가 '하악'거리고 있는 걸 보고 있자니 겁이 덜컥 나기 시작했다. 겨우 주먹 두 개만 한 크기의 고양이가 갑자기 10킬로그램은 되는 아기처럼 느껴졌다. 말 그대로 정말 아무 생각 없이 잠깐의 귀여움에 빠져 잘못된 판단을 내렸던 것이다.

사실 반려동물을 오랜 시간 키워본 경험이 있지도 않았을 뿐더러 고양이와 함께하는 삶에 대해서는 아는 게 전혀 없었다. 하루를 그렇게 '어떡하지' 상태로 보내고 친구에게 솔직하게 말했다. 난 자신이 없고 키울 준비가 되어 있지 않다고. 결국 하룻밤 만에 고양이를 파양(?)했고, 누군가 다시 입양처를 찾았는지 고양이는 전공실에서 어느 샌가 사라져 있었다. 그때의 그 고양이는 어디로 가서 누구와 살았을까? 계속 미안한 마음으로 남아 있다.

쇼케이스 속의 고양이

9년 전 겨울, 동생이 나를 잡아끌고 향한 곳은 커다란 쇼핑몰 안의 동물병원 앞이었다. 병원 진료와 동물 분양을 동시에 하는 곳. 지금이라면 보자마자 뒤돌아 눈길도 주지 않을 곳. 하지만 그때는 몰랐다. 품종묘의 문제와 동물을 착취해 돈을 버는 사람들의 세계가 얼마나 끔찍하게 돌아가는지를, 그로 인해 고통받는 동물이 어마어마하게 많다는 것을 전혀 알지 못했다. 다만 어렴풋이 동물을 돈을 주고 사는 일은 좋지 않다는 인식 정도가 희미하게 머릿속에 있었을 뿐이었다.

동생과 함께 선 유리창 너머에는 작은 케이스 안에 고양이와 강아지가 층층마다 들어 있었다. 그중 한 고양이를 가리키며 동생이 말했다. "저 고양이 너무 귀엽지? 근데 옆에 있는 샴 고양이가 쟤를 때리고 괴롭혀서 안쓰러워. 키우고 싶어." 동생이 가리키는 방향에는 두 줌 정도 되는 작은 회색빛의 털 뭉치 같은 고양이가 애처로운 얼굴로 구석에 쪼그려 앉아 있었다. 아주 작고 귀여운 얼굴이었지만 겁에 질린 표정이었다. 어쩐지 안쓰러웠지만 대학생 때 짧은 생각으로 고양이를 데리고 왔던 그날의 압박감이 떠올랐다. '과연 고양이를 키울 수 있을까?'

다른 문제도 있었다. 무엇보다 함께 살고 있는 할머니가 동물을 좋아하지 않았다. 그래, 역시 아직은 아니야. 할머니를 방패 삼아 동생을 말렸지만 결국 며칠 뒤에 동생은 동물병원 숍에서 페르시안 친칠라라는 품종의 고양이를 '돈'을 주고 분양받았다. 이름은 '안나'라고 했다.

다섯 명의 가족과 함께 살게 된 안나

분양받은 고양이를 집에 데리고 온 건 동생이 아닌 나였다. 이동장을 들고 집에 들어와 조용히 방문을 닫았다. 아주 천천히 이동장을 내려놓고 한쪽 문을 열었다. 안나가 나오길 기다렸지만 좀처럼 나올 기색이 없었다. 1분, 2분… 팽팽한 침묵이 이어지다가 10분가량이 지나서야 떨리는 작은 발이 드디어 이동장 바깥으로 모습을 드러냈다. 아주아주 천천히, 조심스러운 모습으로 안나는 발을 내딛으며 조금씩 움직이기 시작했다. 숨소리도 내지 않고 가만히 앉아 작은 회색빛 털 뭉치가 방 이곳저곳의 냄새를 맡으며 새로운 공간을 탐색하는 걸 지켜봤다. 경계심이 많은 고양이였다.

안나가 새로운 공간에 적응하는 동안 모래를 채워 화장실을 준비하고 사료와 물도 챙겼다. 소식을 들은 엄마와 아빠는 고양이를 구경하러 방에 들락거렸고, 걱정했던 할머니는 여전히 내켜 하진 않았지만 의외로 고양이 똥을 치우는 데 관심을 보이기 시작했다. 눈에 가득 겁이 들어 있던 조그만 고양이는 다음 날이 되자 베개 옆에 자리를 잡고 작은 소리로 골골 소리를 냈다.

타고난 성향 때문인지 안나는 가족 구성원 중 누군가에게 특별히 관심을 표시하거나 애정을 보이지 않았다. 동생과 내 옆에서 같이 잠드는 날도 있었지만 대체로 이 방 저 방을 다니며 마음 내키는 대로 잠자리를 옮겼다. 겁도 많지만 조심성도 많았다. 그래서인지 화장실을 잘 가렸다. 작은 화장실이지만 오줌을 누는 곳과 변을 보는 곳이 정해져 있었다. 볼일을 보고 나면 모래로 싹싹 덮고 발을 깨끗이 털고 나오는 깔끔한 성격의 고양이. 사람이 먹는 것에도 치즈 외에는 큰 흥미가 없었고 식탁 정도의 높이 이상으로 올라서지 않았다. '야옹' 소리도 잘 내지 않는 조용한 고양이였지만 목욕을 할 때만큼은 선명하게 야옹야옹거리며 여기서 내보내 달란 의사 표시를 했다.

막상 안나와 같이 살게 되자 이전처럼 커다란 압박감이 느껴지지 않았다. 가족과 함께 살며 좋은 점이 있다면 내가 혼자 고양이를 돌보지 않아도 누군가 그 책임을 나눈다는 것이다. 아이러니하게도 동물을 싫어하는 할머니가 안나를 가장 잘 돌보고 있었다. 할머니는 안나의 화장실을 거의 매일 치워줬고, 안나 역시 동물이라면 질색하는 할머니 방에 들어가 잠든 할머니 옆에서 종종 같이 잠을 잤다.

조심성이 많은 고양이였지만 사고도 종종 쳤다. 가족이 다섯 명이나 되는데도 안나가 집 밖으로 나가는 걸 막지 못했다. 방충

망이 열린 틈 사이로 탈출한 안나를 잡으러 뛰어다닌 밤의 시간들이 떠오른다. 나무 사이를 질주하는 고양이를 잡으러 미친 듯이 뛰어다녔고, 어떤 날은 안나가 좋아하는 슬라이스 치즈를 손에 들고 아파트 단지를 돌며 '안나~ 안나~ 치즈~ 안나가 좋아하는 치즈!'를 외치고 다니기도 했다. 회양목 울타리 어디선가 불쑥 튀어나와 가로등 조명에 눈이 빛나는 고양이를 단단히 잡고 집으로 뛰어 들어왔던 아찔한 순간을 겪은 이후 방충망 상태를 점검하는 강박이 생겼다.

나의 고양이, 안나

안나는 이제 완전히 우리 가족이 된 듯했다. 하지만 몇 년 뒤, 동생과 내가 차례로 집을 나오며 안나는 어정쩡한 처지가 되고 말았다. 고양이를 키우겠다고 고집을 부리던 동생은 결혼과 임신, 출산을 겪으며 안나를 데려갈 엄두를 내지 않았고, 아주 좁은 방에서 살게 된 나도 차마 같이 지낼 용기가 나지 않았다. 그런데 내가 집을 나오고 얼마 뒤에 안나가 사라졌다는 연락이 왔다. 안나를 지방 친척집에 맡겼는데 그만 어디론가 사라졌다는 것이다. 그 순간 쿵 하고 가슴이 내려앉았다.

사실 지방에 사는 친척에게 안나를 맡기기로 했다는 이야기를 들었을 때부터 마음이 편치 않고 불안했었다. 그런데 그 불안감이 기어코 현실이 되고 만 것이다. 안나 생각에 눈을 뜰 수가 없었다. 눈물이 계속 흘러내리고 감은 눈 너머로 안나만 보였다. 커다란 눈에 긴 털을 가진 작은 체구의 겁쟁이 고양이. 살았는지 죽었는지 생사조차 알 수 없는 고양이의 부재가 나를 블랙홀처럼 어두운 심연 속으로 내동댕이쳤다. 몇 시간을 이러지도 저러지도 못한 채 울기만 하다가 그제서야 깨달았다. 안나가 꼭 옆에, 내 옆에 있어야 한다는 것, 안나가 얼마나 나에게 큰 자리를 차지하고 있었는지를. 그리고 다음 날 새벽 첫 차를 타고 내려가서 안나를 찾으리라 마음을 다잡았을 때 거짓말처럼 안나가 나타났단 전화를 받았다. 다행이다, 정말 다행이야. 맥이 탁 풀리며 그때서야 온몸에 피가 도는 듯했다.

안나는 지금 내 곁에 있다. 하지만 그때의 기억을 떠올리면 아직도 심장이 덜컥 내려앉는 기분이다. 만약 그때 다시 안나를 만나지 못했다면 어떻게 됐을까? 다시는 고양이와 함께하는 삶을 꿈꿀 수 없었을 거다. 아니, 평생을 죄지은 기분으로 살았을 것이다. 그런 마음을 안고 살지 않도록 돌아와 준 안나가 정말 고맙다. 나는 전화기 너머로 안나를 며칠만 잘 돌봐달라고 신신당부를 하고 나의 새로운 가족에게 말했다. "안나 데려올래. 좁지만 여기서 어떻게든 같이 살 거야." 그리고 며칠 뒤 앞쪽 송곳니가 반절 정도 부러진 채 꼬질꼬질 때가 묻어 졸고 있는 안나를 마주했다. 안나는 정말로 이제야 나의 고양이가 되었다.

서로를 알게 되는 시간

다시 함께 살게 된 이후 우리는 서로에게 더 많이 의지하게 되었다. 안나가 내 무릎 위에 올라와 잠든 적은 지금껏 단 한 번도 없었지만 이제는 대략 1미터의 정도의 거리를 두고 같은 공간에 머물기를 좋아한다.(지금도 내가 글을 쓰고 있는 책상 뒤의 의자에 자리를 잡고 앉아 그루밍을 하고 있다.) 그리고 정말 추운 겨울이 되면 머리맡에서 베개와 베개 사이에 자리를 잡고 밤새 자기도 한다. 삑삑 혹은 쿠릉쿠릉 골골송을 부르며 자는 안나의 부드러운 털을 손가락 사이로 느낄 때, 그 순간의 만족감을 대체할 다른 경험은 그리 많지 않다. 기억에서 절대 지울 수 없는 시간. 생의 마지막에 떠올릴 가장 평화롭고 따스한 순간을 정할 수 있다면 안나의 이마를 쓰다듬는, 안나의 폭신하고 부드러운 발을 잡는, 안나를 안고 눈물을 닦아주는 순간이었으면 한다. 이상한 비유지만 그 순간을 떠올릴 때면, 말라버린 빵을 우유에 담글 때 물성이 바뀌는 것처럼 촉촉함과 따뜻함, 부드러움이 느껴지곤 한다.

안나는 일곱 살이 되던 해에 자궁 축농증 진단을 받았다. 자궁을 절제하는 수술을 받은 이후 더 조용해진 안나. 눈빛으로 혹은 표정으로 의사 표시를 하는 안나를 보고 있자니 이전에는 미처

몰랐던 고양이의 마음 상태가 어렴풋이 보이는 것도 같다. 그 때문일까. 안나는 더 조용해졌지만 안나와 나 사이의 소통은 더 깊어지고 활발해졌다. 이게 시간의 힘이라는 거겠지.

아침에 눈을 떠 뭉그적거리고 있으면 어디선가 '도도도' 하고 안나가 달려오는 소리가 들린다. 그렇게 달려와 내가 잠에서 깬 걸 확인하고 나면 '먀-' 하고 작은 소리로 인사를 하고 이제 그만 일어나 자신의 간식을 내놓으라는 무언의 압박을 시작한다. 간식을 먹고 나면 보통 만족스러운 그루밍이 이어지지만, 자신이 원하던 것을 얻지 못한 상황이라면 불만이 가득한 심통 난 얼굴이 된다. 하지만 나는 개의치 않고 창문을 열고 환기를 시킨다. 그러면 어느 샌가 호기심 가득한 얼굴이 되어 바람의 냄새를 맡고 새들의 움직임을 눈으로 쫓는 안나. 어깨에 올려진 그 3.4킬로그램의 무게를 느끼고 있을 때 새삼 고양이와 같이 살고 있다는 실감이 더해진다.

집에서 작업을 하는 일이 다행스럽게 느껴지는 건 안나 때문이기도 하다. 예전에 본가에서 살 때는 안나가 귀가하는 가족을 지금처럼 반긴 적이 없었다. 거의 언제나 집에 사람이 있었기 때문에 사람에 대한 아쉬움이나 그리움이 없었던 것이 아닐까 한다. 하지만 이제는 집을 단 몇 시간이라도 비우게 되면 계단을 올라오는 발소리를 듣고 먼저 현관문 앞으로 다가와 있다. 그리고는 문을 열자마자 삐약삐약(고양이도 삐약 소리를 낸다.) 울며 다리에 머리를 비비고 밖에서 묻혀온 냄새를 맡고 이마를 쿵쿵 부딪치며 인사를 한다.

간혹 자다가 뛰어 나오는 경우도 있는데, 눈도 잘 뜨지 못하고 콩콩콩 뛰어오는 고양이를 보는 건 정말 귀엽기도 하지만 동시에 이상하게 뭉클한 마음도 생긴다. '이 아이가 의지할 건 나와 반려인뿐이구나.'란 생각과 함께 아이가 숨을 거두는 날까지 나도 무조건 살아 있어야겠단 다짐을 머릿속에 한 번 더 단단히 굳힌다.

꼭 들어줬으면 하는 말

안나는 이제 곧 열 살이 된다. 품종묘의 유전적인 질환이 걱정되는 노년기에 접어들기 시작한 것이다. 장모종인 안나는 어렸을 때보다 털이 제멋대로 덥수룩하게 자라고, 앞발의 엄지발톱은 기형적으로 두껍게 변했다. 치아 상태도 좋지 않아 뿌리가 거의 녹아버린 이빨 몇 개를 발치한 지 몇 년이 흘렀고, 아마 더 나이가 들면 이빨이 없는 상태로 살아야 할지도 모른다.

노년기에 접어든 안나는 일 년에 한 번 정도 마취를 하고 몸 상태를 살피는 검사를 한다. 병원에 가면 극도로 예민해져 도저히 손을 댈 수 없는 상태라 간단한 검사도 마취를 하지 않고서는 진행할 수가 없다. 마취를 하는 과정부터 깨어나는 순간까지를 옆에서 보고 있는 건 마음이 무거워지는 일이다. 사지가 축 늘어진 고양이를 보고 있으면 언젠가 마주할 죽음을 떠올리게 하니까.

나이와 함께 여러 가지 변화도 찾아왔다. 재작년과 작년까지는 마취에서 깨어나는 과정에서 힘이 들어도 꼭 화장실로 가 참았던 배변을 했었는데, 올해는 달랐다. 더 길게 축 늘어져 정신을 차리질 못하다가, 겨우겨우 몇 걸음 떼어 화장실로 향하던 안나는 바닥에 다시 늘어지며 변을 보고 말았다. 뭔가 달라졌다는 신호였다. '그럴 수도 있지.'라고 훌훌 넘겨버릴 수가 없어 안나가 어느 정도 정신을 차릴 때까지 품에 안고 숨 쉬는 걸 확인해야 했다. 코끝에 손을 가져다대고 배가 규칙적으로 오르락내리락하는지 살폈다.

하루가 다르게 변해가는 안나를 보다가 문득 얼마 전 즐겨 본 드라마의 한 장면이 떠올랐다. 식당을 하는 아주머니가 동네에 새로 이사 온 아이에게 밥을 먹이며 말한다. 여덟 살 아이는 밥만 잘 먹고 잘 크면 된다고. 다른 걱정은 하는 게 아니라고.

그 말은 내가 안나에게 해주고 싶은 말이기도 하다. 꼭 들어줬으면 하는 말. "안나야, 넌 그저 잘 먹고 잘 자고 건강하게 옆에 있어 주기만 하면 돼."

SNS에서 마주하던 동물이 죽었다는 소식에 눈물을 흘리는 일이 점점 늘어난다. 그 일이 언젠가 나에게도 닥쳐올 일이라는 게 점점 더 선명해지기 때문이리라. 가끔은 예정된 슬픔에 겁이 나기도 한다. 그런 일을 겪고 나면 마음의 어떤 자리는 그대로 벌어진 상처처럼 남아 있을 수밖에 없다는 걸 잘 알기에.

안나는 흰색과 은색과 회색의 멋진 털을 가졌고, 그래서 가끔 털이 빛에 반사되어 아스라하게 느껴지는 순간에는 안나가 이대로 먼지처럼 사라지는 것이 아닐까 하는 두려움에 휩싸이기도 한다. 내가 아무리 피하고 싶어도 안나가 무지개다리를 건너 자기 별로 돌아가는 걸 막을 수는 없을 것이다. 다만 그날이 아주 빨리 오지는 않기를, 그리고 안나를 품에 안은 채 떠나보낼 수 있기를 바랄 뿐이다. 안나는 마지막 순간에 어떤 기억을 떠올릴까? 그냥 아주 편안했으면 좋겠다.

"네발짐승인데 높은 곳을
잘도 올라가는 신기한 생물.
집에 사는 작은 호랑이."

생의 마지막에 떠올릴
가장 평화롭고 따스한 순간

기적은 없지만 희망은 있어

고레에다 히로카즈 감독, <진짜로 일어날지도 몰라, 기적>

초고속 열차인 신칸센 열차 두 대가 서로 스치는 곳에서 소원을 빌면 이루어진다는 친구의 말을 듣고 일곱 명의 초등학생이 짧은 여행을 떠난다. 가족의 재결합을 위해서는 사는 곳의 화산이 폭발해 아빠와 동생이 사는 후쿠오카로 이사하는 방법밖에 없다고 믿는 주인공 코이치와 철부지 동생 류노스케 외에도 아이들은 저마다의 간절한 소원이 있다. 그중 내 눈길을 끌었던 것은 죽은 강아지를 살리고 싶은 소원을 가진 마코토였다.

키우던 강아지 '마블'이 죽자 강아지의 사체를 가방에 넣고 여행을 떠난 마코토는 기차가 빠른 속도로 눈앞을 지날 때 마블이 다시 살아나게 해달라고 외친다. 하지만 일곱 친구 중 가장 먼저 '기적은 없다'는 냉정한 현실을 확인하는 마코토. 그곳으로 향한

〈진짜로 일어날지도 몰라, 기적〉
고레에다 히로카즈 감독 | 2011

일곱 명 모두 간절한 소원이 있고, 그 소원은 '살아 있다'는 점에서 이뤄질 가능성이 아주 조금이라도 열려 있지만 마코토의 소원은 그렇지 않다. 천진하게 기적을 바라는 마코토의 마음이 어떤 것인지 알기에 그 장면이 좀처럼 잊히지 않았다.

배경도 인물도 사건도 다르지만 〈진짜로 일어날지도 몰라, 기적〉은 오래전 읽었던 동화 「파랑새」를 떠올리게 한다. 행복의 파랑새를 찾아 모험을 떠난 오누이처럼, 기적을 바라며 여행을 떠난 일곱 친구 역시 기적은 없다는 것을 확인하고 돌아오지만 여행을 통해 한층 성장한다. 그리고 바로 그 아이들이야말로 기적이고 희망이라는 것을 영화는 따듯한 시선으로 우리에게 알려준다.

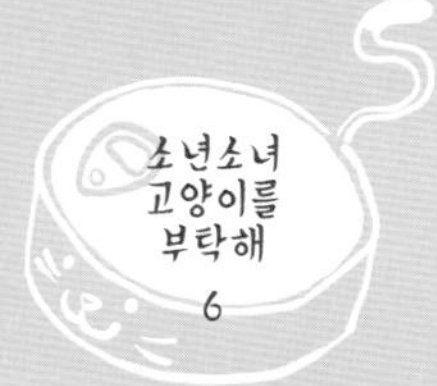

내 곁에 좀 더 일찍 고양이가 있었더라면

존 브래드쇼, 『캣 센스』

: **이원영** : 수의사

철학을 공부하던 중 '복돌이'라는 개 한 마리를 만난 후 수의사가 되기로 결심하고 다시 수의학을 공부했다. 반려동물과 보호자가 함께 좀 더 오래 행복하게 지내길 바라며 현재 우리아이동물병원에서 개와 고양이들을 치료하고 있다. 지은 책으로 『동물을 사랑하면 철학자가 된다』가 있다.

No.6

내 곁에 좀 더 일찍 고양이가 있었더라면

나를 움직이는 힘에 대하여

적이 많아도 좋으니 남들이 자기를 무서워하는 그런 사람이 되고 싶다는 친구가 있었다. 적잖이 놀랐다. 나는 세상이 어떻게 돌아가고 있는지 전혀 몰랐던 평범한 청소년이었고 그저 부모의 칭찬이나 남들의 인정에 목말라하던 꼬마에 불과했다. 지금은 그 친구가 왜 그랬는지 어렴풋이 짐작이 가지만 그때는 그 심정을 전혀 알 수 없었다. 나의 바람은 너무 젖비린내나는 것이었고 그 친구의 바람은 너무 뒤틀린 것이었다. 스타일은 달라도 둘 다 안정된 성장을 못 하며 그 시기를 보낸 것만은 분명해 보인다.

청소년 시기라고 해서 인생의 다른 시기에 비해 별다를 건 없다. 인생의 모든 시기는 똑같이 소중하고 삶이라는 조건에서 동일한 가치를 가진다. 그러니 자신이 생각하는 분야나 테마에서 바라는 바를 이루기 위해 그저 애쓰며 살아가면 된다. 청소년기는 다만 인생의 다른 시기에 비해 변화 가능성이 많고 에너지의 변화가 클 뿐이다. 그래서 좀 더 힘들 수는 있다. 이미 모든 게 결정되어 있다면 뭐가 그리 힘들고 난감하고 복잡하겠는가? 이렇게도 저렇게도 될 수 있고 그게 또 내가 지금 어떻게 하느냐에 따라 바뀔 수도 있는데, 자신을 움직이는 힘을 통제하기도 힘들고 변수도 너무 많아 정신 산란한 것이다.

무릇 변화가 큰 시기엔 잘 준비하여 자신이 원하는 방향으로 상황이 흘러가도록 노력할 필요가 있다. 그러기 위해서 가장 중요한 것은 자신을 움직이게 하는 힘이 무엇인지에 대해 곰곰 생각해보는 것이다. 남이 시켜서 하는 것 말고 자신이 기꺼이 하는 일이 무엇이며, 그렇게 하도록 만드는 힘이 무엇인지에 대해 생각해볼 필요가 있다는 뜻이다. 쉽게 확인되지 않을 수도 있고 생각보다 오래 걸릴 수도 있다. 하지만 고민하고 노력해야 한다. 찾기 어렵다면 반대로 자신이 견딜 수 없는 일에 대해 생각해보는 것도 도움이 된다. 그 반대 방향에 자신이 원하는 것이 있을 수도 있기 때문이다.

소년소녀, 고양이를 부탁해!

이렇게 자신에 대해 차근차근 탐색해나가다 보면 삶이 정돈되고 에너지 낭비가 줄어든다. 자신의 삶에 집중하는 시간이 많아진다면 삶은 더욱 풍성하고 밀도 있게 된다. 짧게 살아도 오래 사는 셈이 된다. 이런 고민이 지속적으로 이루어지면 자신의 성향을 조금씩 알게 될 뿐만 아니라 자신을 소중히 여기며 사랑할 수 있는 힘을 갖게 된다. 아양을 떨어 자신의 처지와 기분을 남의 손에 맡겨서는 지속적으로 자신을 기분 좋게 할 수 없다. 하고 싶은 말과 행동을 멋대로 쏟아내며 남 상관없이 자신의 기분을 거리낌 없이 표현하는 것만으로는 안정적으로 스스로를 만족시킬 수 없다. 자신의 일을 소중히 여기고 주변의 사람에게 예의를 갖추는 것, 그러면서 편안하게 서로 교감하는 것을 통해서만 자신을 소중히 지켜가며 재미나게 살 수 있다.

좀 더 일찍 고양이와 함께했더라면

얼마 전 중학교 1학년 남학생이 300그램 남짓 되는 아주 작은 새끼 고양이를 안고 내원한 적이 있다. 어미 잃은 새끼는 기력이 없었고 불안에 떨었다. 살리려면 인공포유를 해야 하는 상황이어서 어린 학생이 감당해내기 벅차 보였다. 곁에 있던 학생의 어머니는 걱정스런 눈빛으로 바라보았으나 구조한 학생은 어떻게든 살려내겠다는 의지가 매우 강했다. 오랜만에 보는 초롱초롱한 눈

빛이었다. '나에게도 저런 시절이 있었나?'

경험 없는 어린 학생이 기력 없는 젖먹이 고양이를 인공포유하며 살려내는 일은 쉽지 않다. 의지가 있어도 살려내지 못하는 경우가 허다하다. 나는 그것이 걱정되었다. 이렇게 측은지심이 강한 학생이 혹시라도 고양이가 잘못되기라도 하면 심한 자책을 하게 될 것 같아서였다. 새끼 고양이는 다행히 탈수와 세균성 장염 외엔 특별히 생명을 위협할 만한 질환을 갖고 있진 않았다.

앞으로 닥칠 수 있는 위험한 상황과 돌볼 때의 주의 사항, 그리고 기력을 찾았을 때 앞으로 해줘야 할 구충과 백신 등의 예방의학적 절차를 안내해주었다. 어린 학생은 어머니의 도움을 받아 정성을 다해 고양이를 돌보았고, 점점 기력을 회복한 새끼 고양이는 장염 치료를 위한 항생제도 잘 받아먹으며 2~3주 안에 완전히 안정적인 모습을 회복하게 되었다. 치료 과정에서 학생이 친구와 함께 오면 장염을 일으켰던 세균들이 어떻게 퇴치되는지, 그 과정에서 대장의 점막은 어떻게 회복되는지 1,000배 확대된 분변의 현미경 영상을 보여주며 설명해주었다. 자신이 한 생명을 살리는 데 보탬이 되었다고 느끼며 갖는 자부심, 그 과정에서 생명이 어떻게 반응하는지 보며 갖는 신비감 등은 그 학생에게 평생의 잊지 못할 경험이 될 것이다. 나아가 그 고양이가 성묘가 되어가는 과정에서 더 많은 교감을 나누며 숱한 경험들을 하게 될 것이다.

가끔 그런 생각을 할 때가 있다. 내 삶에 좀 더 일찍 고양이가 들어왔다면, 어린 시절부터 내 곁에 고양이가 있었더라면 과연 나는 어떻게 달라져 있을까? 아니, 어떤 사람으로 성장했을까? 우선은 여유를 아는 사람으로 컸을 것 같다. 공부와 가족, 게임과 TV 외에도 고양이와 함께하는 시간을 가지며, 경쟁에 시달리고 승리에 목말라 시야가 좁아진 삶에서 조금은 비켜나 여유를 가졌을 것 같다. 힘겨울 때는 잠시나마 위로를 받으며 한 템포 쉬어 갈 수 있었을 것이다. 고양이와 함께 지내며 매일매일 수시로 울고 웃었을 것이며, 그러면서 지금보다는 감정이 좀 더 풍부하고 부드러운 사람이 되었을 것이다.

그리고 다른 사람과 관계를 맺으며 강자에 대해서는 복종과 질투, 약자에 대해서는 지배와 무시 외에 다른 방식은 없다는 생각에 사로잡혀 있지는 않았을 것 같다. 나보다 약한 존재를 돌보며, 그럼에도 그가 나에게 아양 떨지 않는 모습을 보며 강자가 약자를 일방적으로 대하지 않는 관계도 있다는 것을 몸소 겪었을 것 같다. 용돈을 털어 고양이 사료와 간식을 사는 바람에 내 간식 양은 줄었겠지만 나 먹으려 아등바등대기 전에 남 주는 즐거움, 남 먹는 것 보는 재미를 아는 사람이 되었을 것 같다.

또한 공감 능력이 더 커졌을 것 같다. 놀고 싶어 경쾌하게 내는 '야옹' 소리와 자고 싶으니 부드럽게 계속 만져달라는 '아옹' 소리의 뉘앙스 차이를 아는 사람이 되었을 것 같다. 그래서 무슨 말을 들으면 그 말에 어떤 뜻이 담겨 있는지 한 번 더 생각하게 되어 지금보다는 공감 능력이 조금은 커졌을 것이고, 상대의 의도와 취향을 존중하는 능력이 조금은 늘었을 것 같다.

배려가 힘든 이유는 착한 마음을 갖기 힘들어서가 아니다. 착한 마음은 웬만한 사람이라면 시시때때로 갖는다. 하지만 예상이 자주 틀리기 때문에 생각했던 대로 배려가 안 될 뿐이다. 자신의 호의가 생각대로 전달되지 않으면 화가 날 뿐 아니라 착한 마음마저 거두게 된다. 예상이 맞으려면 교감이 잘 되어야 한다. 그런데 교감은 동질적 존재 사이에서도 매우 힘든 일이다. 대상이 이질적 존재라면 더 많은 노력과 섬세함이 필요하다. 이질적 존재를 적절히 배려하는 것은 정말로 힘들다. 저절로 되지 않는다.

청소년기에 이 힘든 일을 계속해온 사람과 가끔 한 번씩 하는 사람은 다르게 성장할 것이다. 배고파하는 이에게 밥 한 끼 주는 것보다 그 마음을 이해하고 어루만져주는 것이 더 힘든 것처럼, 이질적 존재가 편안하게 살아갈 수 있도록 즐겁게 보살피는 일은 아주 많은 노력을 필요로 한다. 친구들과 놀다가도 고양이 밥을 챙겨주기 위해 서둘러 귀가해야 하고, 아프면 마음을 졸이며 밤새 간호를 하기도 해야 하며, 마음대로 여행을 갈 수도 없다. 게다가 때로는 질병이나 사고로 가슴 아픈 이별을 경험하기도 한다. 이렇게 귀찮고 힘들고 마음이 무거워지는 일을 마다하지 않고 '기꺼이' 하게 만드는 것이 고양이와 함께하는 삶이다. 이런 과정을 경험한 사람이라면 동질적 존재인 인간에 대해서는 당연히 더 잘 이해하고 교감하고 배려하게 되지 않을까? 요즘 유행하는 말로 공감지수 높은 사람이 되는 것이다.

그러니 "어떤 나라가 위대한지 별수 없는지는 그 나라의 동물들이 어떤 대우를 받는지에 따라 가늠할 수 있다."라는 마하트마 간디의 말은 단지 약자 보호의 아량을 가진 배포 있는 존재를 말하는 데서 그치지 않는다. 상대의 처지에 대해 제대로 이해하고 적절히 행동할 수 있는, 자신의 이익과 생존만을 위해 사는 데서 진일보한, 다시 말해 인격적으로 성숙하여 정서적·도덕적 진화가 이뤄졌다고 할 수 있는 존재에 대한 표현일 것이다.

더 나아가 내 곁에 고양이가 있었더라면 멋에 대해 좀 더 신경 쓰는 사람이 되었을 것 같다. "고양이는 신이 빚어낸 최고의 걸작품이다."라고 한 레오나르도 다빈치의 말에는 다양한 의미가 있겠지만, 기본적으로는 미학적인 관점에서 바라본 고양이의 탁월한 매력에 대한 찬사였을 것이다. 고양이의 걸음걸이, 용틀임, 비비댐, 야옹거림, 늘어짐, 멍 때림… 어느 것 하나 멋지지 않은 것이 없다. 안개 짙은 날 새벽, 창문 밖을 바라보며 미동도 않고 앉아 있는 고양이의 뒷모습을 보고 있노라면 실루엣이 풍기는 아름

다움에 나도 모르게 빠져들게 된다. 어려서부터 그런 멋진 장면을 자주 보았더라면 나 자신의 옷차림, 걸음걸이, 그리고 건강하고 멋진 몸에 대해 좀 더 관심을 가진 사람이 되지 않았을까? 그렇게 감각적인 멋짐을 실컷 추구하다가 질리거나 허무해지면 시간이 가고 나이가 들어도 무너지지 않는 멋짐에 대해서도 생각해보는 사람이 되었을 것 같다.

투표를 하여 권력을 행사할 때, 우리는 비로소 신분제 사회에서 벗어나 민주주의 사회에 한 걸음 가까워진다. 마찬가지로, 여유와 공감 능력과 멋에 대한 추구 같은 것을 가질 때 비로소 약육강식의 논리가 지배하는 정글의 전사에서 벗어나 문명인으로 한 발짝 진화하고 있다고 할 수 있다. 가장 중요한 한 가지를 제외한 나머지는 별 의미 없고, 가장 센 것 이외의 나머지는 별 쓸모없다는 단편적인 사고를 하는 데서 벗어나야 한다. 학교 다닐 때는 1등만 생각하고, 성인이 되어서는 로또 당첨만 바라는 사람으로 가득 찬 사회를 문명사회라고 할 수 있을까? 모두가 '돈'과 '성공'만을 위해 아슬아슬하게 사는 사회가 되어서는 곤란하다고 여길 수 있어야 한다. 그렇게 되면 아마도 좀 더 일찍 돈과 성공이라는 만병통치약을 포기하고 일상의 소소한 재미를 추구하는, 취향이 풍성한 사람이 많아질 것이다.

취향과 선호는 생존의 보장, 즉 먹고사는 문제가 보장되면 저절로 생기는 것이 아니다. 자신을 관조할 수 있는 여유와 남에게 관대할 수 있는 정서가 갖춰진 상태로 다양한 상황에 던져져 봐야 겨우 느껴질 둥 말 둥 한 것이다. 남의 눈치를 보고, 목표 달성에 조바심내고, 자신의 부끄러운 과거나 불안한 미래에 사로잡혀 있는 한 자신만의 멋과 취향은 결코 만들어지지 않는다. 무시, 과시, 착각, 중독 등의 거짓 관념에 빠지게 될 뿐이다. 긴장이 지나치게 삶을 지배하는 한 온전한 자기 자신으로 성장하기는 어렵다. 자아를 가꾸어가기 위해서는 안정을 주는 긍정적 자극을 지속적으로 받을 필요가 있고, 다행히 고양이가 그 힘을 조금 갖고 있다. 고양이가 여러분을 구원해줄지도 모른다.

인간은 어떻게 고양이의 집사가 되는가?

고양이 기르는 사람을 농담처럼 부르는 명칭이 나라마다 제각각이라는 점은 재미있는 일이다. 일본에선 '하인', 독일에선 '캔따개', 중국에선 '똥 치우는 일을 하는 사람'이라고 부른다는데, 압

권은 역시 우리나라 사람들이 부르는 '집사'라는 말이 아닌가 싶다. 뭔가 신분제 사회의 냄새가 폴폴 나는 불편한 말이지만 놀랍게도 그렇게 불리는 당사자들은 남들이 자신을 '고양이의 집사'라고 불러도 화를 내기는커녕 싱글벙글해 한다. 스스로 자신이 고양이의 집사임을 자처하는 경우도 흔하다.

개를 키우는 사람은 자신을 '주인 혹은 보호자'라고 하는 일이 대부분인데, 이상하게도 고양이를 키우는 사람은 자신을 '고양이의 주인'이라고 하는 경우가 거의 없다. 개와 고양이의 입장이 정반대인 것 같지는 않은데, 이렇게 고양이 보호자들이 유독 자신을 고양이의 집사라고 여기며 좋아하는 것은 고양이가 자신에게 속해 있다고 보기보다는 스스로가 고양이를 떠받들고 사는 처지임을 인정해서인 것 같다.

나 역시 여러 마리의 고양이와 함께 살고 있지만 그 녀석들이 나에게 소속되어 있다는 느낌을 받은 적은 한 번도 없다. 매일 두 번 이상 사료와 물을 주고, 한 번 이상 모래 상자를 치워주는 것이 가끔 귀찮기는 하지만 이런 일들이 고된 노동으로 여겨지진 않는다. 엉뚱한 데 오줌을 쌀 때는 정말 꼭지가 돌만큼 짜증이 나지만 그 외에는 그 녀석들을 모시고 살면서도 힘들기는커녕 온통 즐거움과 편안함뿐이다. 아! 한 가지, 털 문제가 있다. 털이 많이 빠지는 문제는 분명 삶의 질에 영향을 주지만, 이제는 그마저도 이미 내 삶의 기본 조건으로 여겨져서 스트레스를 받지 않는 단계가 된 것 같다. 대체 어쩌다 이 지경에 이른 것일까?

고양이를 키우게 되는 경로는 다양하다. 버려지거나 길 잃은 고양이를 품어주는 경우도 있고, 펫숍이나 동물병원에서 돈을 주고 입양하기도 한다. 더러는 귀갓길에 따라 들어오기도 하고, 오랫동안 밥 주던 길고양이를 데리고 오기도 한다. 사연은 다양하고 시작은 다른 일들과 별다르지 않다. 새 친구를 만나거나, 새로운 학교로 전학을 가거나, 이성을 사귀게 되거나, 새 차를 사게 될 때와 비슷하다. 긴장, 당황, 설렘 그리고 한동안의 좌충우돌. 하지만 짧게는 2~3주에서 길게는 6개월 정도? 그 녀석도 적응하고 데려온 사람도 적응하게 되는 시기가 되면 다른 일들과는 사뭇 다른 양상이 펼쳐진다.

우선 시간이 가도 싫증이 나지 않는다. 자꾸 보고 싶고 자꾸 잘해주고 싶다. 관계의 기본은 기브 앤 테이크라는데, 그 녀석이 나에게 특별한 것을 주지 않아도 나는 뭔가를 자꾸 해주고 싶고 쳐다보면 자꾸 미소 짓게 된다. 이렇게 슬슬 병증의 초기 단계에 진입하게 된다. 모든 일의 초기 단계가 으레 그렇듯이 앞으로 펼쳐질 일들에 대해서는 전혀 모른 채 서서히 출구가 없는 고양이의 세계로 빠져들어 간다.

고양이는 전혀 요동하지 않는다. 어린 고양이라면 점점 성장해가고, 예민한 고양이라면 (대부분) 조금씩 느긋해지고, 아팠던 고양이라면 조금씩은 편안해진다. 그들은 자신의 새로운 영역에 적응해가며 그냥 편안하게 지낸다. 자신의 리듬대로 그저 살아갈 뿐이다. 전혀 조바심내지 않는다. 안달하는 것은 이쪽이다. 용돈이 생기거나 통장에 돈이 들어오면, 미리 점찍어둔 고양이 캐리어를 사고 캣타워를 산다. 무슨 특별한 기념일이 아닌데도 이미 비싼 고양이 식기와 간식을 들고 계산대 앞에 서 있는 자신을 발견하게 된다. 돈이 생기면 옷이나 신발, 게임 아이템부터 사던 이전의 자신과 달라진 모습을 보게 된다.

애들은 당최 지겨움이란 걸 모르는 것 같다. 배고프면 먹고, 졸리면 자고, 장난 걸면 놀고, 싫으면 눈도 끔쩍 않는다. 할 것 없으면 멍 때리고 그러다 또 잔다. 말도 안 되게 편안한 자세로 정말 아무데서나 널부러져 잔다. 내키는 곳 그 어디서나 아무렇게나 뻗어서 쉬고 또 쉰다. 더듬이 바짝 세우고 밀집 사육되는 가축마냥 스트레스 만렙 상태로 밖에서 부딪히며 살다가, 녹초가 되어 집에 들어와 이런 고양이의 모습을 보는 순간, '아! 내가 인생을 헛살고 있구나! 이제는 좀 제대로 살아야하는 거구나!' 하는 깨달음을 얻기도 한다.

힘들어 누웠을 때 내 왼쪽 팔뚝에 자기 왼발을 얹고, 내 어깨와 베개에 턱을 괴고 내 눈을 지그시 5초 정도 바라보다 스르르 잠든다. 안고 싶고 비비고 싶지만 차마 그러지 못하고 미간 한번 쓰다듬고 나도 가만히 잠든다. 그러다 잠옷 사이로 들어오겠다고 머리를 자꾸 들이밀거나 말랑한 뱃살을 만져달라고 발랑 누워 손을 잡아끌기라도 하면 무너지지 않을 도리가 없다. 혹여 골골대기라도 한다면, 그래서 내 온몸에 그 소리의 진동이 퍼져나가기라도 한다면 그야말로 인생 끝났다고 봐야 한다. 고양이가 주는 평안함보다 더 큰 평안함을 이 세상에선 찾기 힘들기 때문에 자신의 남은 삶은 이제 고양이님에게 바쳐진 것이나 진배없다.

이렇게 별 의도 없는 고양이의 행동은 인간을 금방 무너뜨리고 자신들을 떠받들게 한다. 진정한 아이돌이다. 걸어가는 것만 봐도 멋있고, 스트레칭하는 것만 봐도 시원하다. 온갖 포즈를 취하며 각양각색의 물건 위에서 한도 끝도 없이 자는 것도 신기하고, 자고 있으면 혹시라도 깰까 싶어 숨소리도 죽이게 된다. 가끔은 자고 있는 고양이 수염을 건드리며 놀기도 하지만, 그러다가 깨기라도 하면 금세 미안해진다. 발톱이 네일 베드로 들락날락하는 것도 신기하고 패드의 보드라움도 신비롭다. 눈빛은 그야말로 전설 속 바다와 같이 끝도 없이 깊고 온몸의 유연함은 형용할 길이 없다. 아무리 안달내도 들은 척도 안하다가도, 얘가 왜 이러나 싶을 만큼 파고들기도 한다. 이기적인 계산은 전혀 없는 것 같다. 그러니

밀당이랄 수도 없다. 고양이와 함께라면 걱정 없이 그저 평안하고 포근하다. 이런 녀석들과 함께 지내며 나를 놓아버리는 해방감을 느끼지 않기란 어렵다.

쳐다보기만 해도 눈에서 꿀이 떨어진다. 손자를 보는 할미의 심정과는 또 다른, 어딘가 모를 경외심이 서려 있는 그런 감정이기 때문에 감히 좋아한다는 표현으로는 부족하다. 진정한 의미로 모시는 것이라고 봐야 한다. 이쯤 되면 자신이 집사 노릇을 하고 있다는 것을 알 법도 한데 대개는 모른다. 어느 순간 알게 되더라도 이미 늦었다. 그때 발견하게 되는 것은 그만둘 이유를 찾을 수 없는, 그래서 매우 즐겁게 자발적으로 집사 노릇을 하고 있는 자신의 모습뿐이다.

고양이와 함께 지내는 생활이 대부분 즐거울 뿐 아니라 고양이를 모르던 시절의 이기심과 투쟁심, 으스댐과 편협함이 많이 사라지고, 남들과 제대로 교감하며 살아가는 변화된 자신의 모습이 대견해 보이기까지 한다. 안달할 것 없고 조바심낼 것 없이 고양이가 하품을 하고 기지개를 펴듯 하루하루 잔잔하게 살아가면 그뿐이다. 아직 모든 게 해결되진 않았지만 해결을 위한 노력은 나의 몫이며, 고양이님이 내 정신을 뺏은 것 같지만 사실은 내게 새 출발의 기회를 주었음을 느낀다.

그런데 사실 고양이는 그대로 있을 뿐이다. 나는 다가가나 그는 가만히 있다. 나는 좋아하나 그는 그저 편안해한다. 나는 위로 받는데 그는 그냥 별다른 변화 없이 살아간다. 나는 혼자 반성과 다짐도 하고 충전과 새 출발의 계기도 얻는데 그는 같은 자세로 그저 계속 가만히 있다. 내가 그와 함께 있으며 뭔가 느끼므로 그들에게서 무언가를 받는다고 여기게 될 뿐이다. 무언가 전달 과정이 있어 그것에 대한 감정이 감사함으로 표현되는 것이 아니다. 만약 고양이가 내게 귀여움을 주고, 내가 그 대가로 애정을 주는 방식의 거래였다면 이렇게까지 되진 않을 것이다. 함께 있는데 저절로 자신의 마음이 바뀌는 것, 이런 걸 '감화'라고 해야 할지도 모르겠다. 자신을 잃지 않으면서도 적절한 거리에서 필요한 모든 교감을 나누며 편안하고 따뜻함을 느끼는 것! 그래서 결국 모시는 자의 마음으로 대하게 되며 모시는 마음으로 상대를 대하는 자세. 이것이야말로 어쩌면 관계 맺음의 완성된 형태일지도 모른다. 고양이를 모시는 입장에서 이제껏 객관적인 척 관찰자 시점으로 말하거나 반말로 지껄인 것이 아무래도 상당히 외람되었던 것 같다. 존경을 담아 높임말로 했어야 되는 게 아닌가 하는 걱정이 남는다.

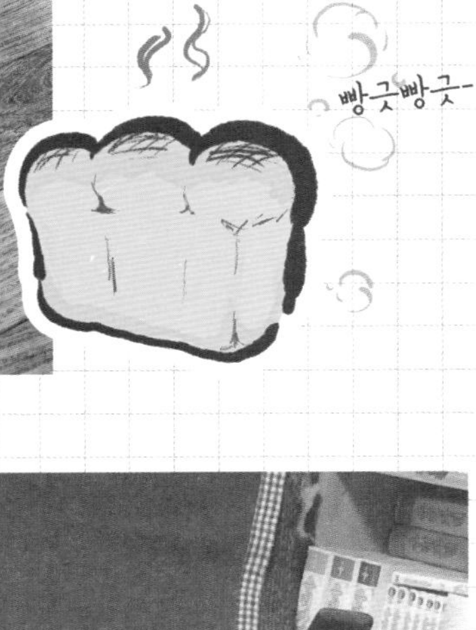

#볕이 #좋아 #따끈한 #정수리 #빵굽는시간

창문 밖을 바라보며 미동도 않고 앉아 있는 고양이의 뒷모습을 보고 있노라면 실루엣이 풍기는 아름다움에 나도 모르게 빠져들게 된다. 어려서부터 그런 멋진 장면을 자주 보았더라면 나 자신의 옷차림, 걸음걸이 그리고 건강하고 멋진 몸에 대해 좀 더 관심을 가진 사람이 되지 않았을까?

고양이와 행복한 동행을 하고 싶다면

존 브래드쇼, 『캣 센스』

나는 가끔 엉뚱한 상상을 하곤 한다. 이를테면 이런 거다. 내가 만약 운이 없게도 지구를 침공한 외계인에게 사로잡힌다면? 그래서 인간종에 대해 자세히 털어놓으라는 강요를 받는다면 어떨까? 쉽게 무너질 수는 없으니 아마 한동안 이 핑계 저 핑계 대며 저항할 것이다. 하지만 내가 고문을 견디다 못해 변심을 하여 주관적인 견해를 주절주절 늘어놓을 경우, 똘똘한 외계인이라면 그런 쓸데없는 개인적인 소리 말고 인간 종의 특성을 체계적으로 설명한 책이나 소개해보라고 할 것이다. 그때 여러분이라면 어떤 책을 소개하겠는가? 나라면 슬그머니 유발 하라리의 『사피엔스』와 데즈먼드 모리스의 『맨워칭』 정도일 것 같다고 말한 후 '이런, 내가 쓸데없는 짓을 했군.' 하며 자책했을 것 같다.

『캣 센스』 | 지은이 존 브래드쇼
옮긴이 한유선 | 글항아리 | 2015

그런데 만약 그 탐구 대상이 인간이 아니라 고양이라면 어떨까? 그렇다면 나는 주저하지 않고 존 브래드쇼의 『캣 센스』를 추천할 것이다. 세상에는 고양이에 관한 숱한 책들이 있지만 최소한 이 책은 고양이가 어떤 동물인지 알고 싶은 사람을 속이진 않는다. 고양이의 진화, 해부, 유전적 특징, 성장 과정, 생리, 심리에 대한 기술이 비교적 체계적이면서도 평이하게 서술되어 있다. 다만, 인간이 고양이에 대해 제대로 알기 위해서는 앞으로 갈 길이 멀다는 것도 함께 알려준다.

당신의 반려동물은 어디서 왔나요?

사지 말고 입양하세요!

혹시 지금 "나만 반려동물 없어!"를 외치고 있나요? 반려동물을 키우기로 결심했다면, 절대로 펫숍에는 가지 마세요. 급증한 반려동물 수요에 편승해 돈을 벌려는 이들은 작고 예쁜 품종견을 '새끼 낳는 기계'로 만들어 끝없이 착취합니다. 그렇게 태어난 허약한 새끼 동물은 시장에 공급되는 물건처럼 펫숍에 진열되죠. 불법 번식과 경매, 더 이상 아기를 낳지 못하는 어미 동물과 과잉 생산된 새끼 동물들의 잔혹한 폐기 등 우리가 돈으로 반려동물을 사는 순간 이 끔찍한 희생의 악순환은 끝나지 않아요.

2018년 기준으로 전국에서 구조·보호된 유기동물은 10만 마리가 넘는다고 합니다. 버려지는 동물들은 해마다 점점 늘고 있어 사회적 문제가 되고 있지요. 유기동물 중 절반 이상이 주인을 기다리다 자연사를 하거나 안락사를 당하고 있어요. 그러니 손쉽게 펫숍에서 반려동물을 사지 말고 유기견 보호소를 찾아가 보세요.

유기동물 입양 절차가 궁금해요

보호소에 따라 입양 조건과 절차는 조금씩 달라요. 직접 만나 신분을 증명하고, 신청서와 입양 계약서를 작성하고, 입양 후 모니터링에 동의한 다음 경비를 일부 부담하는 것이 일반적입니다. 미성년자의 경우 부모의 동의가 필요합니다. 가장 중요한 것은 한 번 상처 입은 유기동물이 다시 학대받거나 버려지는 걸 막겠다는 의지겠지요.

반려동물을 입양할 수 있는 곳

◎ 동물보호 관리 시스템 animal.go.kr

정부에서 운영하며, 동물보호법 규정에 따른 전국의 동물보호소와 유기동물, 잃어버린 동물까지 찾아볼 수 있어요. 등록된 동물들은 공고 후 10일이 지나도 주인이 나타나지 않으면 입양을 할 수 있습니다.

◎ 동물보호단체

여러 동물보호단체를 통해서도 입양을 할 수 있습니다.

- 동물행동카라 ekara.org
- 동물자유연대 animals.or.kr
- 한국동물보호협회 koreananimals.or.kr
- 동물학대방지연합 foranimal.or.kr
- 한국동물구조관리협회 karma.or.kr

평생 책임질 준비 되셨나요?

반려동물 키우기 전 체크리스트

내 용	네	아니오
가족이나 함께 사는 다른 이도 반려동물을 키우는 데 동의했나요?		
나와 가족, 혹은 함께 사는 다른 이에게 천식이나 지병, 반려동물 알레르기가 없나요?		
이웃들이 반려동물을 키우는 것에 민감한지 확인했나요?		
이사, 유학, 독립 등 생활 환경이 바뀌어도 계속 함께 지낼 수 있나요?		
먹이, 치료, 훈련, 미용 등 반려동물에게 필요한 경제적 부담을 짊어질 능력이 되거나 부모님의 도움을 적절히 받을 수 있나요?		
집에 반려동물이 지낼 공간이 충분히 있나요?		
반려동물이 집에 혼자 있는 시간이 너무 길지 않나요?		
멀리 여행 갈 때 대신 맡아줄 사람이나 맡길 곳이 있나요?		

반려동물을 키운다는 것은 새로운 가족을 맞이하는 일이나 마찬가지예요. 내가 반려동물을 키울 자격이 있는지 스스로 점검해 보세요.

내 용	네	아니오
집에 이미 반려동물이 있다면 새 친구와 함께 지낼 준비가 되어 있나요? 동물을 다섯 마리 이상 키우고 있다면 입양을 다시 생각해 보세요.		
반려동물이 병에 걸리거나 늙고 힘이 빠져도 죽을 때까지 변함없이 보살필 자신이 있나요?		
반려동물이 아무 데나 배설을 하고 아무거나 먹고 사람을 공격하고 문제 행동을 일으켜도 학대하거나 버리지 않을 자신이 있나요?		
반려동물에 대해 계속 공부할 자세가 되어 있나요?		
입양한 동물이 새로운 환경에 적응할 때까지 인내심을 갖고 사랑으로 돌봐줄 수 있나요?		
이미 한 번 상처받은 유기동물이 나에게 마음을 열 때까지 사랑으로 보살피며 기다릴 수 있나요?		
집이 아니라 공장, 회사, 가게 등에서 키워야 한다면 다시 생각해 보세요.		

이럴 땐 이렇게

길에서 새끼 고양이를 만났다면?

새끼 고양이는 어미의 보살핌이 반드시 필요합니다. 사람의 체취가 묻거나 다른 곳으로 옮기면 어미가 못 찾을 수 있어요. 섣불리 만지거나 데려오지 마세요! 아주 위험한 상황이라면 구조해야겠지만, 자신이 직접 돌볼 수 있는지 냉정히 판단해 보고 동물보호소나 동물보호단체에 문의하는 게 좋아요.

길고양이를 계속 돌보고 싶다면?

길고양이를 돌보려면 우선 사료를 챙겨주어야 합니다. 참치캔이나 우유는 길고양이가 소화하기 힘드니 고양이 전용 사료를 주세요. 사료를 줄 때는 깨끗한 물도 함께 챙겨주어야 합니다. 되도록 같은 시간과 같은 장소에 사료와 물을 놓아두세요. 큰 상자에 담요나 부드러운 천을 깔아 길고양이들의 집을 마련해주는 것도 좋습니다.

그런데 불쌍하다고 밥만 챙겨주면 오히려 길고양이 개체 수가 늘어나 수컷 고양이들의 경쟁과 싸움, 스트레스와 잦은 출산, 전염병 발생 등의 더 큰 문제를 불러와요. 그래서 중성화 수술이 필요합니다. 그러면 고양이가 영역을 지키면서도 개체 수를 늘리지 않아 발정기 때 나는 시끄러운 울음소리도 사라져요. 길고양이를 돌보고 싶다면 중성화 수술 후 제자리로 데려와 지속적으로 먹이를 주세요. 구청, 시청 등에서 운영하는 유기동물 보호소나 중성화 위탁 동물병원에 문의하면 도움을 받을 수 있어요.

학대받는 동물을 발견했다면?

동물을 학대하는 행위를 발견했다면 먼저 증거를 수집해야 해요. 영상이나 사진 혹은 녹음을 남기세요. 그리고 경찰서나 시청, 구청의 동물보호 담당자나 유기동물 담당 공무원에게 신고하면 됩니다. 동물보호단체에 연락해도 좋아요. 우리나라 동물보호법에는 어떤 행동이 동물 학대인지 구체적으로 규정해 놓고 있어요. 동물을 잔인하게 죽이거나, 고의로 사료와 물을 주지 않아 죽음에 이르게 하는 행위는 물론 정당한 이유 없이 죽이는 행위도 처벌받아요. 동물을 다치게 하는 행위, 도박·광고·오락·유흥의 목적으로 상해를 입히는 행위도 마찬가지입니다.

희귀하고 특별한 동물을 키우고 싶다면?

사막여우, 북극여우, 랫서팬더, 우파루파, 슈가글라이더, 랫서팬더, 아프리카 도어마우스…. 귀엽고 예쁜 것도 모자라 희귀하기까지 한 동물을 기르면 순식간에 SNS에서 뜨거운 주목을 받습니다. 그러다 보니 몇백만 원이나 하는 비싼 가격에도 멸종 위기 동물들이 반려동물로 거래되고 있죠. 하지만 보호해야 할 동물을 사고파는 행위는 법에 저촉됩니다. 희귀한 생명체를 남에게 보이기 위해, 자신의 특별함을 과시하기 위해 키우는 행동은 오히려 스스로가 얼마나 생각 없고 무책임한 사람인지를 드러낼 뿐이랍니다.